烟台海滨习见无脊椎动物原色图谱

王晓安　孙虎山等　编著

科学出版社

北　京

内 容 简 介

  本书是针对烟台海滨无脊椎动物标本采集和教学实习目的而编写的。全书对海滨环境、海洋环境及潮汐等基本知识，海滨动物采集注意事项、常用仪器、工具和药品，不同海滨环境动物的采集方法，标本的处理、固定及保存方法做了较系统的介绍；书中对收录的10门154种常见无脊椎动物的分类地位、鉴别特征、栖息环境、分布海区及经济意义等进行了详细描述，每种动物均配有原色照片，便于野外采集中的辨认识别和教学实习的分类鉴定。书末附有拉丁名和中文种名索引，便于使用者在实际工作中查阅。

  本书可供高等院校的生物、水产、环保、野生生物等专业师生及中学生物教师在烟台海滨进行教学和实习时参考；同时也可作为烟台沿海的海洋综合调查、海洋水产资源的开发利用、海洋生物经济种类的养殖、海洋生态环境的保护和质量评估的参考书。

图书在版编目（CIP）数据

 烟台海滨习见无脊椎动物原色图谱/王晓安等编著. —北京：科学出版社，2011
 ISBN 978-7-03-027785-5

 Ⅰ.①烟… Ⅱ.①王… Ⅲ.①无脊椎动物门—烟台市—图谱 Ⅳ.①Q959.108-64

 中国版本图书馆CIP数据核字（2010）第099984号

责任编辑：孙红梅 李小汀 刘 晶/责任校对：刘小梅

责任印制：钱玉芬/封面设计：耕者设计工作室/排版制作：文思莱

科学出版社 出版
北京东黄城根北街16号
邮政编码：100717
http://www.sciencep.com

北京天时彩色印刷有限公司 印刷
科学出版社发行 各地新华书店经销

*

2011年1月第 一 版 开本：B5（787×1092）
2011年1月第一次印刷 印张：11 1/2
印数：1—3 000 字数：230 000

定价：48.00元
（如有印装质量问题，我社负责调换）

编著者名单

王晓安　孙虎山　王宜艳　常林瑞
闫冬春　黄清荣　靖美东

前言

烟台地处黄、渤海交汇区，城市交通便利，环境优美，气候宜人。位于市区周边的养马岛、芝罘岛、崆峒岛等岛屿及烟台山、东炮台、金沟寨和夹河入海口等海滨潮间带底质环境多样，有典型的岩礁岸、沙岸、泥沙岸及淡水入海口，一直以来都是海滨动物实验材料采集及教学实习的理想场所。每年全国都有多所高等院校和科研院所的师生及科研工作者来此进行海洋生物教学实习，或采集材料。随着近年沿海开发及城市发展，烟台的海岸环境也发生了很大改变，动物物种的分布情况也与过去有很大不同，有些过去记载中十分丰富的种类已难觅踪迹，而部分过去很少采集到的种类近年来屡屡发现，因此亟待出版一本能符合目前烟台海滨动物种群分布状况的分类鉴定及采集指导用书。

自烟台师范学院（2006 年更名为鲁东大学）于 1984 年成立生物系以来，在过去的二十多年时间里，生物学专业的本专科学生在每年动物学理论课之后，都要进行无脊椎动物海滨专业实习，通过实习进一步加深学生对动物学理论知识的深入理解，加强学生对海洋动物形态特征、生命现象进行探索的兴趣和思维的自觉性，以及学习并掌握采集、鉴定和处理海洋动物标本的方法。经过多年的实践，我们积累了丰富的海滨实习经验并采集到了大量的动物标本，通过对历年来采集到的标本进行归纳鉴定，我们编写了这本图谱，可为全国高等院校的生物、水产、环保、野生生物等专业师生及中学生物教师在烟台海滨进行教学和实习提供参考；同时也可作为烟台沿海海洋综合调查、海洋水产资源开发利用、海洋生物经济种类养殖、海洋生态环境保护和质量评估的参考书。

考虑到海滨动物标本采集和教学实习的系统性，本书尽可能详尽地介绍了海滨野外工作的重要环节及所涉及的知识内容。全书包括三部分：第一章海滨地理环境简介，主要介绍海滨环境、海洋环境、潮汐等基本知识；第二章海滨动物的采集和标本保存，主要介绍海滨动物采集注意事项，海滨动物采集常用仪器、工具和药品，不同海滨环境动物的采集方法，海滨无脊椎动物的处理、固定及保存等方法；第三章烟台海滨常见无脊椎动物，共收录了 10 门 154 种无脊椎动物，着重强调海滨潮间带容易采集且个体较大的物种，适当收录了烟台近海的常见经济种类，简要描述了各类动物的分类地位、鉴别特征、栖息环境、分布海区及经济意义等。为了便于野外采集时辨认识别和分类鉴定，全书所有物种除少数特别标注的为固定标本照片以外，其余均为活体原色照片。

本书的出版得到了鲁东大学生物科学国家级特色专业建设点（TS1Z006）教学改革项目和重点学科建设项目的经费资助，在此表示衷心感谢。

由于编者水平所限，加之时间仓促，书中缺漏之处在所难免，恳请有关专家、同仁和读者批评指正。

编著者

2010 年 5 月

目 录

第一章 烟台海滨地理环境

烟台市地处山东半岛中部，位于东经 119°34′～121°57′、北纬 36°16′～38°23′，东连威海，西接潍坊，西南与青岛毗邻，北、西北部濒临渤海，东北和南部濒临黄海，与辽东半岛对峙。全市海岸线曲长 702.5km，海岛曲长 206.62km。沿海表层水温变化较外海明显且幅度较大，年平均水温为 11～14℃。海水表层盐度年平均为 28‰～31‰。潮汐自莱州到龙口沿海为不正规半日潮，龙口到牟平及海阳市沿海为正规半日潮。海岸地貌主要有岩岸和沙岸两种，西起莱州市虎头崖、东至牟平东山北头是曲折的岩岸，海蚀地貌显著，其余多为沙岸。烟台市有大小基岩岛屿 63 个，面积较大的有芝罘岛、南长山岛、养马岛。有居民的岛 15 个，分别为长岛县的南长山岛、北长山岛、大黑山岛、小黑山岛、庙岛、砣矶岛、大钦岛、小钦岛、南隍城岛、北隍城岛，龙口市的桑岛，芝罘区的崆峒岛，牟平区的养马岛，海阳市的麻姑岛、鲁岛。

烟台市自然资源丰富，是全国重要的渔业基地之一，盛产海参、对虾、鲍鱼、扇贝等 70 多种海珍品。

一、海滨环境简介

进行海滨标本采集，需要先对海滨环境有一定的认识，否则采集工作难以进行。因此，我们首先介绍海滨环境的基本知识。

烟台及其附近海滨（图 1-1）具有岩岸、沙岸和泥沙岸等不同环境，是进行海滨动物标本采集的优良场所。可按以下几个不同的典型环境进行野外标本采集工作。

1. 岩岸环境

通常在坡度不太大、较为平坦、乱石较多及藻类繁茂的岩岸环境中栖息的动物种类和数量比较多；反之，在缺乏藻类生长，而且经常受大浪直接冲击的光裸岩石的陡峭沿岸，动物种类和数量一般较少。

烟台市区附近的芝罘岛北岸、烟台山、崆峒岛北岸、东炮台地区是典型的岩岸环境，因此是采集礁岩环境生活无脊椎动物标本的理想场所。

图 1-1 烟台及其附近海滨位置分布图（五角星示本书主要标本采集地）

2.沙岸、泥沙岸环境

沙岸指以细沙为主的海滩。泥沙岸是沙多而泥少或泥、沙大致兼半的海滩。大多数埋栖性种类生活在靠近内湾、波流稳静、滩平、退潮时能露出较远处陆地的地方。

烟台市区附近的夹河入海口为典型的沙岸环境，养马岛南岸为泥沙岸环境，它们在大潮期中退潮时可露出数百米甚至更远的地面。养马岛南岸的沙岸下层多为黑泥沙，富含有机质，穴居动物的种类很多。

二、海洋环境的区分

根据海洋生物的生活环境可将海洋分为海水区（水层区）和海底区（底层区）（图 1-2）。

（一）海水区（水层区）

海水区指海洋的整个水体部分，为浮游生物和游泳动物活动的场所。根据其地形和海水深度的不同，海水区又可分为近海区（沿岸地区）和远洋区（深海地区）。

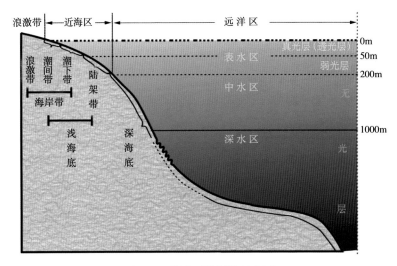

图 1-2 海岸环境划分示意图

1. 近海区

近海区指大陆架以上的水域。这里受潮汐波浪、海流及热力作用，会产生很强的湍流混合，将海洋底层的营养盐带向上层，同时陆地的河流也带来大量的营养物质，故该区域水质肥沃，海洋动植物丰富，是海洋生态系统中最主要的生产力区。

2. 远洋区

远洋区指大陆架外的水域。根据水体深度和阳光透入情况，其又分为表水区、中水区和深水区。

（二）海底区（底层区）

海底区指海洋的整个海底，为底栖生物活动的场所，分为浅海底和深海底。

1. 浅海底

浅海底为水深约 200m 以上的海底区，可分为海岸带和陆架带两部分。

1）海岸带

（1）浪激带：年最大高潮达到的陆地部分，分布有盐生植物和某些昆虫。

（2）潮间带：历史上最大高潮水位和最大低潮水位之间的海洋和陆地交接的地区。这里环境变化大，又有高、中、低潮带之分，是进行海洋生物学研究的一个重要场所，与人类的经济关系十分密切。

（3）潮下带：从潮间带的下限到 50m 左右的深处，这里受潮汐的影响较小，为海浪所及的下限。在潮下带生活的动物种类很多，其中许多是重要的经济种类，生物量很大，是海洋中一个非常重要的区域。

2）陆架带

陆架带为水深 50 ~ 200m 的海底区，是洄游性底栖经济鱼类的越冬索饵场。此区域水温夏季较暖、冬季较冷，但较海岸带稳定。

2. 深海底

深海底为水深 200m 以下的海底区。此区域水温低、海床柔软、环境稳定、缺乏阳光、无季节性变化，植物种类匮乏，少数栖息的动物均为肉食性。

三、潮　汐

由于日、月引潮力的作用，使地球的岩石圈、水圈和大气圈中分别产生的、周期性的运动和变化，称为潮汐。古代称白天的潮汐为"潮"、晚上的潮汐为"汐"，合称为"潮汐"。地球在日、月引潮力作用下引起的弹性—塑性形变，称固体潮汐，简称固体潮或地潮；海水在日、月引潮力作用下引起的海面周期性的升降、涨落与进退，称海洋潮汐，简称海潮；大气各要素（如气压场、大气风场、地球磁场等）受引潮力的作用而产生的周期性变化（如 8h、12h、24h）称大气潮汐，简称气潮。其中由太阳引起的大气潮汐称太阳潮，由月球引起的大气潮称太阴潮。

月球引力和离心力的合力是引起海水涨落的引潮力。地潮、海潮和气潮的原动力都是太阳、月球对地球各处引力不同而引起的，三者之间互有影响。因月球距地球比太阳近，月球与太阳引潮力之比为 11 : 5，故对海洋而言，太阴潮比太阳潮显著（图 1-3）。大洋底部地壳的弹性—塑性潮汐形变，会引起相应的

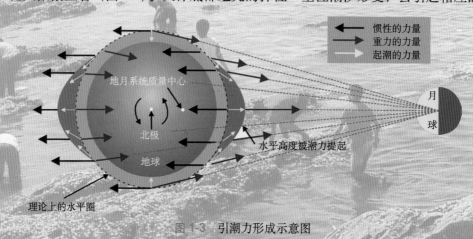

图 1-3　引潮力形成示意图

海潮，即对海潮来说，存在着地潮效应的影响；而海潮引起的海水质量的迁移，改变着地壳所承受的负载，使地壳发生可复的变曲。气潮在海潮之上，它作用于海面上引起其附加的振动，使海潮的变化更趋复杂。

潮汐的发生与太阳和月球都有关系，也与我国传统农历对应。在农历每月的初一即朔点时刻，太阳和月球在地球的一侧，就有了最大的引潮力，引起"大潮"，这时称为"朔潮"；在农历每月的十五或十六附近，太阳和月球在地球的两侧，它们的引潮力"你推我拉"也会引起"大潮"，这时称为"望潮"；在月相为上弦和下弦时，即农历的初八和二十三时，太阳引潮力和月球引潮力互相抵消了很大一部分，就发生了"小潮"（图1-4）。月球绕地球一周需24h 50min（为1太阴日=24h 50min），因而在24h 50min内海水发生两次涨落。

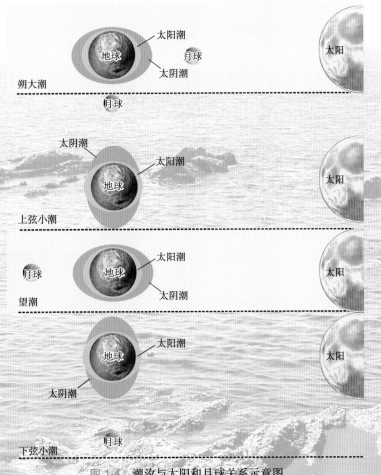

图1-4 潮汐与太阳和月球关系示意图

我国劳动人民千百年来总结出许多算潮方法（推潮汐时刻），八分算潮法就是其中的一例，其简明公式为：

$$高潮时 =0.8h \times [农历日期 - 1(或 16)]+ 高潮间隙$$

上式可算得一天中的一个高潮时，对于正规半日潮海区，将其数值加或减 12h 25min（或为了计算的方便可加或减 12h 24min）即可得出另一个高潮时。若将其数值加或减 6h 12min 即可得低潮出现的时刻——低潮时。但由于月球和太阳运动的复杂性，大潮可能有时推迟一天或几天，一太阴日间的高潮也往往落后于月球上中天或下中天时刻一小时或几小时，有的地方一太阴日就发生一次潮汐（如秦皇岛、北戴河、海南岛的西部沿岸）。故每天的涨潮、退潮时间都不一样，间隔也不同。

潮水的涨落高度，除了每月有少许差异，以及一个月内发生大、小各两次潮外，在全年内不同月份和不同季节也有差异。在冬至前后，因地球离太阳较近，所以潮较大；夏至前后地球离太阳较远，潮汐也较小。

大潮涨潮时，潮水与陆地相接处为大潮涨潮线；退潮时，潮水与陆地相接处为大潮退潮线；两者之间叫做潮间带（图 1-5）。小潮的涨潮与退潮活动即发生在潮间带内。大潮的涨潮线与小潮的涨潮线之间叫做上带（上区）；小潮的涨潮线与小潮的退潮线之间叫做下带（下区）；小潮的退潮线与大潮的退潮线之间叫做浸水带。上带每月有两次（大潮）浸在海水中，其余时间均露于空气中与陆地环境条件接近，因此这里的动物一般均有较强的保护性结构（如外壳等）以抵抗不良环境。下带每日有两次潮水浸没，受潮浪影响较大，动物种类较多。浸水带每月有两次（大潮）露于空气中，其余时间均为海水所浸没，因此基本上为海洋性环境，动物的种类、数量均多，是海滨动物采集的理想场所。

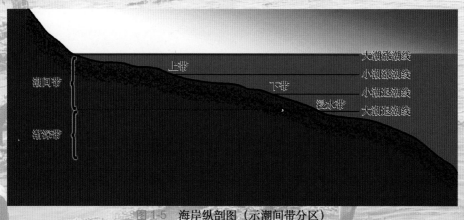

图 1-5 海岸纵剖图（示潮间带分区）

潮汐对海滨动物的生活影响很大。潮汐引起的潮流扩大了水体和空气的接触面，增加了氧气的吸收和溶解；同时随潮流冲来的一些有机碎屑又为海滨动物提供了营养来源，因此，一般在低潮线以上海滨动物最为丰富。但只有在大潮时，低潮线以上区域才能完全退露出来，所以采集动物标本的时间应在农历朔（初一）望（十五）后 1～2 日（即初二、初三和十六、十七）的大潮进行。每天的采集时间要在"低潮时"（每次潮水水位降至最低不再继续降落，马上即将上涨，而在未上涨之前不再继续退落后的时间称为低潮时）前后 1～2h，如某采集区某日低潮时为中午 12：00，则采集时间应在上午 10：00 到下午 1：00 之间。

　　烟台海滨潮汐和我国大部分海岸相同，即每隔 24h50min 潮水涨落两次，在每个月内发生两次大潮和两次小潮。其具体时间因年份不同而异。海滨野外工作前应查阅近期的天气状况和潮汐时间预报，也可根据经验公式（烟台海域低潮时 = 农历日期 ×0.8 + 4）来推算大致时间，以便提前做好准备工作。

第二章　海滨动物的采集和保存

一、海滨动物采集注意事项

1. 安全出海

采集人员每到一地，先要对采集海区有所了解，掌握基本的海洋要素资料（如涨落潮时、潮差、底质、水深等）。此外，无论是教学还是科研，都需对采集人员进行必要的安全教育，切忌单独行动、擅自下水游泳等，以免造成不必要的意外伤害。此外，还需携带必要的内服、外用药物。总之，野外工作一定要做到安全第一。

2. 注意保护动物资源

初到海滨进行野外采集或教学实习的人看到任何标本都感到新奇，由于好奇，可能会大量地采集标本而忽略了对动物资源的保护，结果由于采集的标本数量多而容器少，得不到很好的处理，使大部分标本遭到毁坏。这样做既破坏了动物资源，也会影响学习效果。因此采集者应该遵循"结合分布习性突出认识重点物种，种数和个数都要控制"的原则，严格按预先制订的计划进行工作，重视观察，适量采集。

3. 做好一切准备工作

海洋生境和海洋生物的多样性决定了采集人员需要制备和携带不同的工具。采集的动物若不经过培养、麻醉、固定、保存等一系列的处理，就不易得到完整的标本。因此，要做好采集和标本制备工作，必须在采集前把采集用的工具、药品，以及培养用的器皿、新鲜海水都事先准备妥当。

4. 注意保护生态环境

潮水退后，有各种动物隐藏在礁石或石块下，采集时需要翻动一些大小不同的石块。由于在石块下常生活着许多其他海洋生物，因此应把翻转后的石块恢复原样，以保护其他生物的生存。

5. 采集的标本要分别盛装、及时分散

采集到的动物应按照个体大小、软硬程度，乃至取食方式分别装在不同的瓶、管或采集桶内，软、小而稀有的应单独存放。为保证标本的完整，有时还要在现场用清洁的海水清洗分散，或放入洁净的容器中使动物恢复自然状态，不能混杂堆放，以免损伤标本。

6. 特别注意有毒动物

对于不认识的动物，切勿以手触碰或捉拿，应以竹夹子或其他工具采取，直接放入采集筒或玻璃瓶内。

7. 保存的标本一定要有标签

标签要用不怕浸湿的纸料，标签上要注明采集日期、产地、编号及采集者。写标签要用较硬的铅笔，切勿使用钢笔和圆珠笔。

8. 注意观察、做好记录

在采集过程中，尤其在潮间带采集时应先看后采，仔细观察其栖居方式、周围环境，同时认真记录。必要时可现场拍照或录像，以便为后续的科研和教学提供更丰富的信息。

9. 采集工具的保养

海水对采集工具尤其是对铁器的腐蚀性很强，最易使其生锈，因此在采集结束后，务必先用淡水将采集用的金属工具洗净，擦干后保存。

二、海滨动物采集常用仪器、工具和药品

野外采集之前要做好所需仪器、工具和药品的准备工作。这是准备工作中不可忽视的一环。如果前期准备不足，会直接影响到标本采集的质量。通常海滨动物的采集包括室外和室内两大部分工作。室外工作包括对拟采集的动物作定性观察，也可作定量调查。室内工作包括动物的培养、解剖、细小结构的观察、分类鉴定，以及麻醉、固定、保存等一系列的标本处理和制作工作。这些工作需用以下仪器、工具和药品。

（一）仪 器 类

显微镜 观察原生动物、海绵骨针、海葵等腔肠动物的刺细胞、沙蚕疣足、腹足类的齿舌及动物的其他较微细结构。

实体显微镜 观察或解剖不透明的动物标本。例如，用于薮枝螅、真枝螅等小型水螅体及小型水母等腔肠动物、纽形动物、线虫、环节动物、软体动物、节肢动物、棘皮动物等外部形态较细微部分的观察和内部解剖等。

GPS 定位仪 用于确定标本采集地的准确地理信息。

照相机、摄像机 用于记录采集环境、动物自然生活状态下的特征。

手持放大镜 随身携带，以便在采集时或室内观察动物的较微小形态结构。

天平、解剖器、解剖盘、搪瓷盘 常规用具。

酸度计（或精密 pH 试纸）测海水的酸碱度，用作动物定量调查。

水底温度计 测一定深度的海水温度，用作动物定量调查。水面温度和气温用普通温度计测量。

注射器 5ml、10ml 规格，5、6、7 号针头，用于注射动物标本。

量筒及量杯 100ml、1000ml 规格，用于配制药品。

培养皿 大、中、小不同规格，用于培养小型动物。

烧杯 1000ml 规格，用于海葵的培养、麻醉及固定等。

广口瓶 100ml、250ml、500ml、1000ml 不同规格，用于盛放标本。

细口瓶 50ml、100ml 规格，用于盛放药品。

标本瓶 高 35cm 以上，用于盛海仙人掌等体形长且大的标本。

吸管、指管、载玻片及盖玻片、酒精灯、三脚架、石棉网。

（二）工 具 类

浮游生物网 网由 13 号筛绢及 25 号筛绢制成，网头可用金属（如铝、钢等）制成，也可将玻璃小瓶套结在网底，用以收集过滤到的浮游生物。25 号筛绢制成的网可捞取一般的浮游动物和浮游植物，13 号筛绢制成的网可捞取较大型的浮游动物。

铜筛 筛滤底泥，用于采集线虫、小型环节动物等底栖种类。

铁锨、铁铲 挖埋栖性动物。

铁锤和铁凿 采集固着于岩石上的动物，如海葵、牡蛎、藤壶等。

小铁片刀 用以采取在岩石上营附着生活的较小型动物。

塑料筒 采集时盛标本用。

塑料碗　捞小型水母。

塑料盆　捞较大型水母。

毛笔　采集小型、体柔软的动物，如涡虫等。

采集袋、胶皮手套、木箱、标签、棉花、纱布、橡皮膏、手电筒等，根据需要而定。

（三）　药　品　类

1. 常用麻醉剂

（1）氯化锰（二氯化锰，manganese chloride，$MnCl_2$）　玫瑰色结晶，能溶于水，微溶于醇，不溶于醚。用 0.05%～0.2% 水溶液或将结晶直接撒于水面上，对麻醉海葵效果极佳。也可用其麻醉磷沙蚕等环节动物及后鳃类动物。

（2）乙醇（酒精，ethyl alcohol，ethanol，C_2H_5OH）　能溶于水、甲醇及醚。用 70% 的乙醇徐徐滴入培养动物的海水内，可用于麻醉环节动物或纽虫。

（3）氯仿（三氯甲烷，chloroform，$CHCl_3$）　无色挥发性液体，能与醇、醚、苯等混合，仅微溶于水，为麻醉剂。使用时，将纸在氯仿中浸湿后，盖在培养动物的水面上，可麻醉水母类。

（4）乙醚[醚，ethylether，$(C_2H_5)_2O$]　无色透明的挥发性液体，易燃，使用时不可有火焰或火花存在，因其蒸气与空气混合时，易着火爆炸。用海水配成 1% 乙醚，对各种海产动物都可麻醉。

（5）硫酸镁（泻盐，magnesium sulphate，$MgSO_4$）　能溶于水、甘油及醇，制成饱和溶液或将结晶直接放入培养动物的海水内进行麻醉。

（6）薄荷脑（薄荷冰，monthol，$C_{10}H_{19}OH$）　无色结晶，能溶于醇、醚、氯仿、冰醋酸等，微溶于水。医药上为局部麻醉剂、防腐剂，磨成碎末或直接将结晶撒于培养动物的海水表面。

（7）克罗勒吞（安纳新，三氯丁原醇，chloretone，anesin，tertiary trichlorobutyl alcohol，CCl_3CMe_2OH）　无色结晶，能溶于醇、醚、氯仿、甘油、冰醋酸，仅微溶于水。医药上为麻醉剂，一般认为麻醉水母及管水母效果较好。

（8）古柯碱（可卡因，cocaine，$C_{17}H_{21}NO_4$）　无色结晶，为一种有毒的生物碱，能溶于醇、氯仿、醚，微溶于水，为局部麻醉剂。使用时，配成 1%～5% 水溶液后徐徐加入培养动物的海水内。对苔藓虫的麻醉效果尤佳。

2. 常用固定剂

（1）乙醇　乙醇为使用方便的单纯固定液，有固定、硬化和脱水的作用；浓乙醇对组织细胞有较大的收缩力，常需用稀乙醇固定数小时后再用浓乙醇固定。市面上出售的工业酒精一般为 95% 的乙醇。常用于固定的乙醇浓度为 95% 或 100%，也有用 70%～80% 的。如配制 80% 的乙醇，取 95% 的乙醇 80 份加 15 份蒸馏水即可。

（2）甲醛（福尔马林，蚁醛溶液，formaldehyde，formalin，HCHO）　甲醛为最常用的固定剂，穿透力较强，固定均匀，且不易使标本褪色。固定浓度常用 4%。市面上出售的甲醛是由甲醛气饱和于水制成的，饱和量最高的达 40%，低的为 37%。若要配制 4% 的甲醛，可将市售的甲醛（40% 甲醛）取 10 份加 90 份蒸馏水即可。

（3）铬酸（chromic acid，H_2CrO_4）　铬酸为三氧化铬（铬酸酐，chromium trioxide，CrO_3）的水溶液。三氧化铬为棕色带红的结晶，能溶于水及醚。一般常用 0.5%～1% 水溶液固定标本，然后用水洗，再经 30% 和 50% 乙醇洗后，最后保存于 70% 乙醇内。铬酸为一种强氧化剂，故不可与乙醇和福尔马林等还原剂混合，否则会还原成氧化铬，失去固定作用。

（4）醋酸（乙酸，acetic acid，CH_3COOH）　醋酸能溶于水、醇及醚，穿透力强，对标本的细胞有膨胀作用。因此，醋酸与引起细胞收缩的固定剂合用，能阻碍标本的细胞收缩。用作固定的醋酸浓度一般为 0.3%～5%。

（5）苦味酸 [三硝基苯酚，picric acid，trinitrophenol，$C_6H_2(NO_2)_3OH$]　苦味酸为黄色结晶，极毒，能溶于水、醇、苯、氯仿等。在空气中可自行燃烧，装在瓶内可因碰撞而爆炸，所以一般将其配成饱和溶液保存比较安全。苦味酸的穿透力较乙醇、醋酸差，单独使用对标本组织的收缩较严重。与其他药物混合配制，可避免标本组织硬化。适宜的固定浓度为饱和水溶液。苦味酸在水中的溶解度为 0.9%～1.2%。

（6）氯化汞（二氯化汞，升汞，mercuric chloride，corrosive sublimate，$HgCl_2$）氯化汞为白色剧毒的粉末或结晶，能溶于水、醇及醚。通常固定时用饱和或近似饱和水溶液。氯化汞单独使用时，对标本组织的收缩力较大，因而多与醋酸合用成为混合固定液，即饱和氯化汞液 96 份加冰醋酸 5 份，或饱和氯化汞 2 份加无水乙醇 1 份，临用前混合。用氯化汞或其混合液固定的标本，会在组织中形成许多汞盐沉淀，需用碘将其除去。将标本（用作切片的小型标本或大型标本的组织块）固定后，放入 70% 乙醇内，加少许浓碘酒，待碘被吸收、黄色消失后，再加碘酒数滴，直至黄色维持 12h 左右，然后将标本保存在 70%～75%

乙醇内。

以上为单纯固定液，用它们固定标本各有优缺点，因此通常配制混合固定液，利用各种药品的优点互补不足，从而达到良好的固定效果。以下简要介绍几种混合固定液。

(1) Carnoy 氏液

无水乙醇	60ml
氯仿	30ml
冰醋酸	10ml

固定 1 ~ 3h，根据标本大小而定。固定后保存于 70%乙醇内。

(2) Clark 固定剂

无水乙醇	75ml
冰醋酸	25ml

(3) Bouin 氏液

苦味酸饱和水溶液	75ml
40%甲醛	25ml
冰醋酸	5ml

固定 12 ~ 48h，固定后用流水冲 2h，再放入乙醇中；或不经水洗直接放入 70%乙醇中。

(4) Zenker 氏液

氯化汞	5g
重铬酸钾	2.5g
硫酸钠	1g
蒸馏水	100ml
冰醋酸	5ml（使用前加入）

将氯化汞、重铬酸钾、硫酸钠及蒸馏水混合于烧杯中，加温溶解，冷却后过滤，保存于玻璃瓶中。使用前取此混合液 95ml，加冰醋酸 5ml 即成。

(5) Tellyesniczky Formal-Alcohol 液

70%乙醇	100ml
40%甲醛溶液	5ml
冰醋酸	5ml

固定 1 ~ 24h，固定后放在 80%乙醇中洗。

(6) Sanfelice 液

1%铬酸水溶液	80ml

40%甲醛溶液	40ml
冰醋酸	5ml

临用时混合，固定 4 ~ 6h，固定后流水冲洗 6 ~ 12h。

（7） Methacarn 液

无水甲醇	60ml
氯仿	30ml
冰醋酸	10ml

（8） 乙醇 - 甲醛固定液

95%乙醇	90ml
40%甲醛	10ml

固定后不需水洗，可直接放入 70%乙醇中保存。

3. 常用保存液

（1） 70% ~ 80%乙醇。

（2） 5% ~ 10%甲醛水溶液。

以上二液也可混合使用，即 70%乙醇 95ml 加 40%甲醛 5ml。为防止标本变硬、变脆，可在保存液中加入少许甘油。

三、不同海滨环境动物的采集方法

（一） 岩岸环境常见动物的采集

1. 矾海绵

矾海绵属寻常海绵纲，体质柔软，群体如丛山状，颜色有黄色、橙赤色。多繁殖在海滨潮线的岩礁上；退潮时，在岩石低凹处、积水处易找到。采集时用刀片或竹片从基部轻轻刮下，刮时勿伤及群体，以保持其完整，然后将标本置于盛有新鲜海水的广口瓶内，静置片刻，将固定液直接加入广口瓶内。如只制作观察外形的标本，可向瓶内加福尔马林，至其浓度达到 5%为止；如要制作观察骨针的标本，则应向瓶内加乙醇，至其浓度达 80%为止。标本经杀死后带回，再换同样浓度的液体，即可长期保存。矾海绵的体壁易于破碎，因此在同一容器内不能放置过多，以免损坏标本。

2. 海葵

岩岸常见的海葵在岩石缝内或岩石上固着生活，它们触手伸长时很像一朵菊花或葵花。其在满潮时将触手完全伸出，借以捉食物；退潮后触手和身体完全收缩成为球形。生活于岩石缝内的个体很不易采，一般要用铁锤和铁凿将其下端固着部分的岩石一起采下。凿岩石时应距海葵固着部 2 ～ 3cm 远，切勿伤及海葵，并应尽可能使其少受震动。将采到的海葵置于盛有海水的容器内，容器内标本不宜重叠。携带时注意保持平稳并经常更换海水。

3. 钩手水母

退潮后，注意观察岩石间海草较多的水洼，其水面常可见有钩手水母；或用大竹镊子轻轻扰动水草，再仔细观察，如有钩手水母，即可见其游向水面。采集时，可用一塑料碗捞取，然后放入玻瓶中。

4. 平角涡虫及其他扁虫

多生活在高低潮线间石块下面，采集时翻动石块常可找到。如看到扁虫匍匐爬行，可用毛笔或竹片逆扁虫运动的方向诱导取下，或用小镊子将其轻轻挑下来，放入盛有海水的小瓶或小管中。扁虫身体柔软、易破损，采集时必须小心。注意不要将扁虫与其他动物放在一起，因为它常分泌黏液缠绕别的动物。

5. 龙介

龙介生活于弯曲的石灰质管中，它的栖管多固着于岩石或贝壳上。常有许多管子缠绕在一起，采集时可将管连虫体同时采下，放在盛有海水的小瓶或指管内，带回实验室。

6. 石鳖

石鳖足部发达，用足紧紧附着于岩石或石块上生活。它们在岩石上的固着力很强，因此采集时须乘其不备，迅速从其一侧推动，才可使石鳖与岩石脱离。若采集前触及动物，其附着力加强，便不易采下。将采得的标本放入盛有海水的容器内带回实验室。

7. 牡蛎

这种动物终生以贝壳固着在岩石或其他物体上，固着后永久不能移动。采集时，选择在岩石上固着不太牢固的个体，用凿子打下即可。否则很难采到两个贝壳都完整的标本。

8. 藤壶

藤壶身体周围具有 6 块钙质壳板，顶端由 4 片壳板组成能开闭的盖，下端固着在岩石上。它是海滨最常见的种类，由高潮线到低潮线以下都有分布。采集时，最好连附着物一起采下，否则不易采到完整的标本。

9. 麦秆虫

在岩石间的小水窝内有褐藻或绿藻等海藻生活的地方，仔细观察藻类，常可见其上有麦秆虫。麦秆虫用胸足钩附在海藻上生活，其形态和颜色与海藻很相似，在褐藻间生活者均为褐色，在绿藻上生活者均为绿色，因此它是观察拟态和保护色的好材料。采集时可用小镊子将其连同所附着的海藻一块取下，或者轻轻将其与海藻分开，放入盛有海水的玻瓶中，带回实验室。

10. 蟹类

蟹类退潮后大都隐藏在石块下或石缝内。在岩岸习见的蟹类中，不少种类爬行很快（如日本蟳），有些则爬行较慢。采集时需多翻动石块，遇爬行快的，迅速用大镊子夹取；行动慢者，只要找到就不会跑掉，用镊子夹取后放入盛有海水的容器内带回。

寄居蟹寄居在螺类的空壳中生活，腹部的甲壳仅留痕迹，存在于各体节的背面上。全体为柔软的肉质，体与螺壳的腔一样，呈螺旋状而居于其中，当躯体生长时，则舍旧壳而另找新壳。寄居蟹很容易采到。

11. 海参类

常见的如刺参，多栖息在藻类繁茂的岩礁间或较深的海底，采集时应注意切勿对其刺激过度，以免排出内脏或不能恢复原来状态。采到标本后要及时放入盛有海水的容器内，且容器内动物不宜重叠；携带时要尽量保持稳定，勿过度摇动。

棘皮动物的分布通常为：退潮后在岩岸长有海藻的积水处，常见海燕、海星及蛇尾等；在岩石缝中常有马粪海胆分布；心形海胆和锚海参则埋于泥沙中。采集时要注意，蛇尾的腕容易折断，采到后要放入盛有海水的容器内，单独保存；锚参体柔软，也要单独保存。

（二） 沙岸、泥沙岸环境习见动物的采集

在此环境中生活的动物，多穴居于泥沙中或在沙面爬行，因此，采集时

应首先观察辨认穴形，或辨认动物爬行活动的痕迹，以便找寻所要采集的动物。如为穴居动物，则需挖掘开泥沙，了解其栖息于沙内的情况，然后将动物从泥沙中取出，再仔细地观察其潜入沙内的动作；如为管栖动物，应注意其栖管的形状、构造和大小，再将动物连同其栖管一起放在盛有海水的容器内，带回实验室。

1. 黄海葵

黄海葵体呈黄棕色或淡黄色，埋在泥沙内生活，基盘固着在沙中的碎壳或其他物体上，退潮后，仅口盘及触手露在泥沙表面，呈葵花状，颜色与泥沙极为相似，因此，必须仔细观察方可发现。用手触之，从其口中向上喷出一股水，随着海葵向下收缩，地面下陷一圆洞。采集时，用铁锹挖出即可，但为了观察它在泥沙中伸展的状态和自然长度，最好将左手指伸开呈半圆形从海葵口盘外侧伸向泥沙中，轻握海葵口盘的下部，再用右手中的铁铲将海葵体一侧的泥沙除去，即可见其埋栖于泥沙中的自然状态，然后将海葵放在盛有新鲜海水的桶内带回实验室。

2. 海仙人掌

海仙人掌栖息于沙内，体为棒状，呈黄色或橙色。满潮时，其身体大部分露于外面，仅柄部插入沙内，体内充满海水，水螅体完全展开，很像仙人掌；退潮时，体内的水排出而缩入沙内，其上端常露在外面，因此很容易采集。采后放在盛有新鲜海水的桶内带回。

3. 海豆芽

海豆芽体形如豆芽，具背腹两片长方形介壳，下端有一长柄，栖息于深约20cm的泥沙中。退潮后，在集有浅水的沙滩表面可见有并列的三个小孔，每孔直径 2～3mm，孔间距离约为5mm，仔细观察，可见每孔中向外伸出一束刚毛，若触动附近的泥沙则动物下缩，三个小孔即变成一条裂缝，此即为海豆芽的穴洞。采集时，将拇指与食指张开，轻轻地伸入三孔两侧的泥沙中深2～3cm处。迅速捏住海豆芽的背腹两片壳，此时动物用力下缩，采集者可适当用力向上拔（但不宜用力过大），用另一手(或用小锹)沿动物的柄部掘至深20～30cm的泥沙处，即可得完整标本。挖泥沙时，应注意勿折断柄部。

4. 燐沙蚕（磷虫）

燐沙蚕栖息在泥沙内的"U"形管中。退潮后在沙滩表面寻找露出沙面约 1 ～ 2cm 高、白色革质管子，管端的内外面光滑，直径 4 ～ 5mm。再在管周围 0.6m 左右的区域内寻找同样的管子。一种方法是用一硬纸管套在管上，或用口直接吹一个管口，若见另一个管口喷水，则可断定此为燐沙蚕所居的"U"形管；另一种方法是用手指捏闭一个管口，再轻轻压挤被封闭的管子数次，放开手，少顷，观察到另一管口有缓慢流水，则可断定此两管口为一条管子，此法对燐沙蚕的刺激小，但不如前一种方法明显。采集时，在两管间划一直线，在线的一侧用锹挖，挖时因泥沙易于下陷，可用木板挡住一侧的泥沙，从另一侧挖，深度与两管口间的距离成正比，两管口距离近者则浅，距离远者则深。挖到约 50cm 深度时，可见与地面平行的横管，管径较粗、易破裂，要小心取出，将全管放在盛有海水的容器内，因为燐沙蚕体柔软易破损，和管一起放置便于携带，待处理时再将管剥开。

5. 巢沙蚕

退潮后在泥沙滩上所见的一种管口，其上附有碎海草、砂砾、贝壳等，此即为巢沙蚕的管口。采集时用锹从管口的四周向下挖，管多为上下直行。挖出后，以手轻捏，可探知其内有无虫体。将具有虫体的管子放在盛有海水的容器内（虫体离管后，活动剧烈，极易自截），带回实验室处理。

6. 柄袋沙蠋

柄袋沙蠋又名海蚯蚓，栖息于泥沙中。它的巢穴有两个穴口，在尾部的穴口处堆积着许多圆形泥沙条状排泄物，形状如蚯蚓粪。在尾部穴口周围约 10cm 处有一漏斗形的凹陷，即为其头部穴口。采集时选择虫体正往外排出泥条的穴口，用锹在离尾部穴口 10cm 处快速下插，轻轻掘起展开泥沙，动作要迅速。将所采标本置于盛有海水的玻璃瓶内带回。

7. 竹蛏

退潮后，在泥沙岸上可见有紧密相邻、大小相等的两个小孔，每孔长约 1cm，呈哑铃形，受震动后两个小孔下陷成为一个较大的椭圆孔，即为竹蛏所在的孔穴。采集时，先勿惊动竹蛏，用锹速挖深达 30 ～ 50cm 处，即可采得标本（沿海居民多用 40 ～ 50cm 的铁丝钩钓）。另一种采集方法是，发现竹蛏的穴口后，先用铁锹铲去表面的一薄层泥沙（约 6 ～ 7cm 厚），使露出的穴口比表面的大，然后用食盐少许填入其穴内，不久竹蛏因受盐度突然增高的刺激，便从穴的深处上升到穴外。此法适用于较硬的泥沙滩，如为软滩，则因竹蛏的穴口易被流沙堵塞而失效。

8. 日本镜蛤

日本镜蛤栖息在泥沙滩内，在低潮线一带低凹积水处分布较多。其穴孔特征是：在沙土表面露出两个大小不等、相距很近的穴孔，穴孔直径很小，一般不超过 0.4cm，两孔中心距离一般不超过 1cm。穴孔直径的大小和两孔中心间的距离通常随个体的大小而异。日本镜蛤栖息的深度多为 7 ~ 17cm，一般不超过 20cm；以出、入水管进行呼吸和滤食。采集时，用铁锹（或手）挖掘穴孔部分的泥沙即可采得，然后将标本放入盛有海水的桶内带回。

9. 魁蚶

退潮后在沙面上如有两个形如向日葵种子的穴孔，长约 1cm，尖端相对，有时两个孔连在一起，即为魁蚶所在处。因其生活在泥沙浅层，用手即可采得。

10. 虾蛄

虾蛄形状像琵琶，因此又名琵琶虾，多生活在低潮线的泥沙中。它的洞穴两端开口，采集时，可用脚踏巢穴的一端徐徐前进，则虾蛄会从另一端穴口出来。也有的种类为一个穴口，且上下是垂直的，深约 30cm，以锹挖之即可采得。

11. 美人虾

美人虾在夹河口沙岸较多，退潮后潜居于泥沙中，在泥沙表面露出两个圆形小孔，两穴孔中心距离大于 1cm。穴深约 20cm，用锹挖即可采得。

12. 海棒槌

海棒槌穴居于沙中，在低潮线一带分布较多，其洞穴的外观很易辨认，在平坦的沙滩上，可见有小沙丘（高约 3 ~ 4cm，直径约 15cm），其上有一小孔。距小沙丘 20cm 左右的地方有一小穴，小穴深度约 5cm。海棒槌穴居于小穴下深 20 ~ 30cm 的地方。采集时，在小沙丘与小穴之间连一直线，在直线的侧面（一侧或两侧）用铁锹迅速挖之即可采得。注意挖时勿伤及标本。

四、海滨无脊椎动物的处理、固定及保存

动物标本的处理与动物的采集工作同样重要，是教学实习或科研工作不可缺少的内容。如果采到很多很好的标本，但不能很好地处理和保存，以供教学或科研所用，也可说等于前功尽弃。因此，动物标本的处理是一项很重要的工作。

（一） 处理动物标本的注意事项

（1）处理标本前，需要将附在动物体上的污物、泥沙、杂质及分泌的黏液用海水清洗干净，然后静养片刻，使其恢复自然状态，方可进行麻醉、固定和保存。需要麻醉的标本，在洗涤时一定要用海水冲洗；不需要麻醉的标本，用海水和淡水皆可。

（2）在麻醉标本前，必须将麻醉标本的容器用海水洗刷干净，尤其对小型标本的麻醉更应注意。

（3）许多海洋无脊椎动物具有很强的收缩能力，为使标本近似于自然形态便于鉴定，故在杀死前需缓慢麻醉，不可操之过急。

（4）正在进行麻醉的动物标本，应置于不受震动、光线稍暗的地方。

（5）在麻醉过程中，如因麻醉剂放得太多，使动物体或触手收缩时，即可停止加麻醉剂，重新换新鲜海水，使动物恢复正常状态后再行麻醉。

（6）用不同药物对处于麻醉昏死状态的动物进行快速杀死并固定已有的形态时，需根据动物个体大小和结构的不同，以及药物渗透程度来掌握固定时间，然后换保存液。

（7）保存具有石灰质贝壳和骨骼的动物标本时，最好用乙醇而不用福尔马林，因为福尔马林内含有甲酸，能侵蚀石灰质的贝壳和骨骼。对于较坚硬的石灰质骨骼，也可短时间用福尔马林保存。其中可加少许硼砂来中和酸性，以减少标本受损的程度。

（8）干制的标本，必须用淡水冲洗干净，去掉动物体上含有的盐分。

（9）对每种标本登记的标签，要放在瓶内，不要只贴于瓶上，以免运输途中丢失或磨损。

（二） 各种动物标本的处理方法

1. 原生动物

1）夜光虫

以浮游生物网（13号或25号）在海面采得的夜光虫，可在双筒镜下观察其生活时的状态；或采到后向瓶内滴入福尔马林液将其杀死（其中也包括其他的浮游生物），待瓶内的动物沉底后，将上层的水倾出，放入5%或10%的福尔马林液或70%乙醇溶液中保存。

2）有孔虫

在海底沉沙中采到的有孔虫壳，用乙醇洗净干燥后，可不用药剂浸制，直接放在小瓶内保存。制片时，不需染色，将干的有孔虫标本放在100%乙醇溶液中稍洗，再放入二甲苯中5～10min，然后用树胶装盖。

2. 海绵动物

有些海绵的骨针有的是石灰质的，易被甲酸侵蚀，影响种类的鉴别，因此需要鉴别种类的标本不宜用福尔马林，可用80%或90%乙醇杀死，保存在70%或80%乙醇内；而观察外形的标本可用5%或10%的福尔马林液杀死保存。

骨针制片：取出乙醇内保存的标本放入5% KOH内煮几分钟，海绵骨针便可散开，加蒸馏水待骨针下沉，倒去上层液体，保存在70%乙醇内。可吸出在显微镜下观察或用树胶装盖制片。

3. 腔肠动物

1）薮枝螅、真枝螅等

将这类动物放在盛有新鲜海水的玻璃容器内，数量不宜过多，使动物距离水面1cm左右，待虫体全部伸展后，徐徐加入$MgSO_4$进行麻醉，用放大镜检查，至虫体及触手不再收缩、完全伸展时，再向容器中倒入纯福尔马林液，将其杀死，至福尔马林液浓度达10%时为止。薮枝螅麻醉时间不宜过长。如果用作制片材料，可用Bouin氏液固定12h，然后用30%～70%乙醇浸洗至无黄色为止，最后保存在70%乙醇中备用。

2）钩手水母及其他小型水母

将钩手水母放在盛海水的烧杯中，用$MgSO_4$作麻醉剂。在盛有钩手水母的烧杯中（海水50～100ml）逐渐加入$MgSO_4$至浓度为1%，麻醉25min。最好将$MgSO_4$配成饱和溶液，再沿着烧杯的壁缓缓加入，这样可使钩手水母的环境保持稳定，使其触手充分伸展。最后将已固定的标本转入5%福尔马林液中保存。也可固定24h后再转入保存液，或在水面撒一层薄荷脑（不宜太多）1～2min后，触其身体，触手不再活动时，用小匙转入10%福尔马林液中固定20min，然后转移至5%福尔马林液中保存。

3）海月水母

以1% $MgSO_4$溶液麻醉，经20min左右，触碰动物不再动时，移入10%福尔马林液杀死、固定并保存。此法简单，效果良好，且节约时间。

4）海葵类

将海葵放在盛有新鲜海水的大烧杯（1000ml）内，每个烧杯内放一个海葵。使海葵口盘向上，距水表面约5～10cm。静置，待海葵触手全部伸展开后进行麻醉。以薄荷脑结晶轻轻洒在水面上成一薄层（或以纱布将薄荷脑包起用白线缠成小球，球直径约 1cm，将纱布球轻轻放在水面上）。同时向海葵触手基部投入 $MgSO_4$，逐渐增加药量，几小时后，再用镊子触动海葵触手，当完全不动时，表明海葵已完全处于麻醉状态，此时将水面的薄荷脑取出，立即向水中逐渐加入纯福尔马林液，至终浓度为 10% 为止。3～4h 后，把海葵取出整形后移入 5% 或 10% 福尔马林液中保存。也可用 0.05%～0.2% 的 $MnCl_2$，逐滴加入培养海葵的烧杯内，通常麻醉约 40min 到 1h。待海葵全部麻醉后，再用吸管将甲醛直接加到海葵的口道部分，至甲醛浓度达 10% 时固定 3～4h，最后转入保存液中。处理海葵时应特别注意，在麻醉期间，不能给海葵任何刺激（如移动盛海葵的容器或触及动物体等），否则海葵收缩不易再伸展；麻醉时间也要控制好，过短或过长都会使海葵收缩。

5）海仙人掌

将采回的海仙人掌放在大瓷盘内注入新鲜海水静养，待水螅体全部伸展，用手捏住海仙人掌的柄部，快速提出，放入盛有热水（60℃）的盆内，烫 1～2min，再经两只冷水盆散热冷却，然后投入 10% 福尔马林液中杀死固定；或以大头针弯曲成一小钩，钩住动物的柄端，将其倒挂在标本瓶内（注意瓶要比动物长 3 倍左右），用薄荷脑麻醉 24h，然后用 5% 或 10% 的福尔马林液杀死并保存。

4. 扁形动物

将采到的平角涡虫或其他扁虫放入盛有饱和 $MgCl_2$ 溶液与海水等量混合液的大培养皿中，待虫体完全伸展后，加入 10% 福尔马林液将动物杀死，5～10min 后，用毛笔将动物挑在另一培养皿中的一张湿的滤纸上，一个个放开展平。其上再加一张滤纸，把动物夹在中间，纸上放几片载玻片，再加上 10% 福尔马林液，12h 后，去掉滤纸即得到扁平的标本，然后将其移入 5% 福尔马林液中保存。

5. 纽形动物

纽虫是避光性动物，因此不要把它们直接放在阳光或人工光源下。将纽虫放在盛有海水的搪瓷盘中，用薄荷脑或 50% 乙醇麻醉，约经几小时麻醉好后，保存于 10% 福尔马林液或 70% 乙醇中。此法虽可用，但因纽虫抗药力强，麻醉时间长，有时纽虫也稍卷曲。也可以在纽虫呈半麻醉状态后，放入 10% 福尔马林液中轻轻左右摆动，约 10min 后，虫体完全舒展。这样处理后的标本不卷曲。

6. 线虫

自由生活的线虫一般在海藻间或海底泥内观察其他动物时常可遇到。寄生的线虫种类也较多，在鱼的消化道内或其他器官中随时可见。寄生虫可用 0.7% 生理盐水冲洗，在杀死固定前，先将虫体置于自来水中使虫体麻醉、松弛（或以氯仿、乙醚麻醉），然后放于 70% 热乙醇（在水浴中加热至 70℃左右）中杀死，虫体立即伸直，等乙醇冷却后再移至 80% 乙醇内保存（或以清水麻醉亦可）。在乙醇内保存的线虫，不用制片即可直接用以下方法观察。

（1）甘油法。乙醇和甘油配成三种不同的浓度：80% 乙醇 9 份加甘油 1 份；80% 乙醇 4 份加甘油 1 份；80% 乙醇 2 份加甘油 1 份。取乙醇内保存的线虫放入上述三种浓度的乙醇甘油内各浸 5min，最后放入纯甘油内，这时便可在显微镜下观察。

（2）石碳酸法。取在乙醇内保存的线虫，放入石碳酸内，3min 后即完全透明。观察后仍可放回 80% 乙醇内保存。

7. 环节动物和螠虫

沙蚕、巢沙蚕等各种多毛纲种类的处理方法基本相同：将其放在盛有清洁海水的解剖盘内培养，待虫体在水中恢复正常状态后，用薄荷脑麻醉 3h，将海水吸出，倒入 10% 福尔马林液杀死动物。30min 后进行整形，再经 8h 固定后将动物移入 5% 福尔马林液中保存。对管栖的种类如燐沙蚕、巢沙蚕、龙介等，处理前，使虫体从栖管中露出或与栖管分离开；保存时连同栖管一起保存于同一标本瓶内。燐沙蚕的麻醉，还可用 1% $MgCl_2$ 逐渐加入培养燐沙蚕的海水中，约 30min 后麻醉，过 20min 加固定液，然后进行整形、保存。将一些大形种类如沙蠋、螠虫等杀死后，可向其体内注入适量的福尔马林原液，使虫体内福尔马林液含量不低于 5%，以防体内器官腐烂。

8. 软体动物

1）石鳖

石鳖受刺激时极易卷曲。将石鳖放在盛有海水的玻璃瓶或玻璃皿中，等其身体全部伸展恢复正常后，用乙醇或 $MgSO_4$ 麻醉 3h。取出海水，加入 10% 福尔马林液杀死，30min 后整形，将石鳖取出，放于另一玻璃皿中，使其身体伸直，背部压几张载玻片，再将 10% 福尔马林液倒入固定，8h 后移入 10% 福尔马林液中保存。也可将石鳖用淡水进行麻醉，待伸展平整后，一个个摆放在搪瓷盘中，在上边盖玻片，玻片上再加一重物，注以10%福尔马林液（以浸没玻片为限）进行杀死固定；待固定12～24h后，去掉玻片，移入10%福尔马林液中保存。

2）腹足类和瓣鳃类

基本方法大体相同，但根据对标本的要求不同而略有差别。

（1）整体标本。将螺类或贝类标本先用清水洗净，然后用10%福尔马林液或乙醇杀死固定，10h后移入5%福尔马林液或70%乙醇内保存。贝壳较厚、无光泽的种类，可用5%或10%福尔马林液保存；有光泽的必须用乙醇固定保存，因为福尔马林液会使贝壳失去光泽。对没壳的后鳃类，需要经过培养麻醉后才可保存于福尔马林液或乙醇中，如海牛、石磺海牛等，先将其培养在新鲜海水内，待触角和次生鳃完全伸出，身体伸直，呈生活状态时，在水面放入 $MnCl_2$、薄荷脑或 $MgSO_4$ 麻醉。在麻醉过程中，应不时地观察，因为动物一死，表面颜色很易脱落，且机体易腐烂。所以当动物不太收缩时，即进行固定，一般用10%福尔马林液或80%乙醇固定无壳的种类。固定好后，用5%福尔马林液保存。有壳的种类可用70%乙醇保存。

（2）解剖标本。大型的双壳贝类可用温水闷死；也可用薄荷脑或 $MgSO_4$ 麻醉2～3h，待两瓣壳张开后，在两壳间夹一木块，再用10%福尔马林液杀死。动物死后向其内脏注入固定液（90%乙醇50份、冰醋酸5份、福尔马林液5份、蒸馏水40份），然后保存在85%乙醇或10%福尔马林液内。大型螺类一般也可用温水闷死，再用10%福尔马林液固定注射。

（3）介壳标本。对双壳贝类，可将其放在空气中，使其壳自行张开，在两壳张开后，将动物肉体去除，将壳洗净。趁壳未干时（如已干需浸在水中使之湿润）将两壳合在一起，用线缠好，待其阴干后再把线去掉，保存。一般螺类，可先用热水将动物杀死，除去肉体部分，再用肥皂水将介壳洗净晒干保存。注意，在前鳃类中，许多种类具有一个角质或石灰质的厣，厣在前鳃类的分类中是鉴别种类的特征之一，因此在制成介壳标本时，必须将厣与贝壳同时保存（可将空壳用棉花塞满，将厣粘在壳口处）。

（4）生态标本。将螺类和贝类分别装入玻璃瓶中，加满海水不留空隙，再盖紧瓶盖，经12～24h（室温高时时间短，室温低时时间长）后，腹足类头部与足部伸出壳口，瓣鳃类双壳张开、足部伸出、触之不动，立即用10%福尔马林液固定（如为大型标本，需向其体内注入上述固定液），20h后将动物移入10%福尔马林液中保存。

（5）头足类。如乌贼、章鱼等。将其放于盛有新鲜海水的容器内，静置后加入 $MgSO_4$ 麻醉，待动物不活动时，用10%福尔马林液杀死。如个体较大或准备做解剖标本者，需向其体内注入固定液固定 8h 后，移入 10%福尔马林液中保存。

9. 甲壳动物

1）藤壶

将其放于盛新鲜海水的玻璃器皿内培养，可见其蔓足不停地上下活动，此时在水面上加薄荷脑或 $MgSO_4$ 麻醉，则蔓足活动越来越慢，约经 4～5h 后，待其蔓足运动停止后，加福尔马林液，使瓶内浓度达 10%。杀死固定 3h，保存于 70%乙醇中。

2）虾、蟹等

各种节肢动物的处理方法基本相同，一般都可直接用 70%～80%乙醇麻醉、杀死并保存，30min 后取出整形。如为大型虾、蟹，为了防止肢体脱落或体形不正，也可用纱布包裹，外加标签，放入乙醇甘油混合液（90%乙醇 90ml、甘油 10ml）中。

10. 腕足动物

如海豆芽，将其用清洁海水洗净，放于搪瓷盘内，加少量海水，用 $MgSO_4$ 麻醉 3～5h；也可直接用 10%福尔马林液杀死，20min 后取出，展直柄部，用纱布包裹，在 5%福尔马林液中固定保存。

11. 棘皮动物

1）海参

将海参放入盛有新鲜海水的容器内，容器置于阴凉处，切勿受阳光直射。待海参触手、管足伸出后，进行麻醉。用薄荷脑与 $MgSO_4$ 同时处理，麻醉 4～5h，至触及触手、管足不再收缩时为止。以大竹镊子夹住围口触手基部，左手执海参身体，迅速放入 50%醋酸溶液中约 30s，取出后用清水洗去醋酸，立即放入 10%福尔马林液中，30min 后取出，用注射针管从肛门向内注入 90%乙醇（加数滴甘油）以防内脏腐烂，再用棉球塞住肛门，以防液体外流。注射防腐液时以保持海参体形正常为度。然后，将海参横放于容器内（管足向下，疣突向上），整理围口触手形态后，加入 80%乙醇固定。12h 后保存于 80%乙醇内。如果标本不用于分类鉴定，也可用福尔马林液保存。

2）海胆、海星、海燕等

在盛有海水的容器内用 $MgSO_4$ 麻醉，再由动物的围口膜处向体内注入 25%～30%福尔马林液。如海胆不易注入，可在围口膜的对侧另扎入一注射针头，这样在注入福尔马林液时，海胆的体液可由此针头流出；海星、海燕也可由其步带沟注入到水管系内。以每个管足都充满液体竖起为度，然后放入10%福尔马林液中保存。一般处理海蛇尾及小型的棘皮动物时，不必向体内注入福尔马林液，麻醉后直接杀死保存。如制成干制标本，可将海胆、海星、海参等放在解剖盘内加入海水，待其恢复自然状态，再吸出海水，然后用热水或福尔马林液杀死动物，1h 后取出，用清水洗净，晒干即成。但应注意，在阳光下直晒时需经常翻动，使之速干，以防腐烂，干制标本一般可保持动物的自然色彩。

第三章 烟台海滨习见无脊椎动物

一、海绵动物门 Porifera

海绵动物是原始的多细胞动物，多数海产。已知的海绵动物有一万多种。它们的身体不对称或辐射对称；体壁由两层细胞及之间的中胶层构成。水沟系、骨针、海绵纤维是海绵动物独具的特征。

海绵动物水沟系有单沟系、双沟系、复沟系三种，是进行分类的依据之一。

骨针由造骨细胞分泌而成。不同的海绵或不同的造骨细胞可分泌出不同性质和形状的骨针。根据骨针大小可分成大骨针和小骨针。大骨针常为单轴、三轴和四轴骨针。小骨针的基本形态有球状、单轴和多轴等。根据骨针的弯曲度和末端的变化又衍生出极其多样的骨针形。钙质骨针无大小之分，通常只有三辐和二辐骨针；角质骨针呈丝状或网状，有时为无一定外形的填充料。骨针的化学成分、外形、排列方式，及不同骨针的组合方式，是分类学上重要的依据。

1. 日本矶海绵 *Reniera japonica* （图 3-1）

分类地位　寻常海绵纲 Demospongiae；单轴海绵目 Monaxonida；矶海绵科 Renieridae。

形态特征　身体多呈不规则山形，故又名山形海绵。体高 13 ~ 75mm，体表有许多管状突起，约 10mm 左右。顶端有出水孔，直径 1 ~ 2mm，孔间距离 8 ~ 31mm。体表有很多小的入水孔，肉眼不易分辨。身体柔软。体表有单轴杆状体。生活时为橙红色或橙黄色，乙醇固定后为黄色或白色。

分布与习性　烟台海滨烟台山、东炮台、崆峒岛等地低潮线附近习见，附着于岩石上营固着生活，群体常连成一片。

经济意义　大量繁殖时对贝类养殖有影响。

图 3-1 日本矾海绵

2. 海姜皮海绵（无花果皮海绵）*Suberites ficus* （图 3-2）

分类地位 寻常海绵纲 Demospongiae；单轴海绵目 Monaxonida；皮海绵科 Suberitidae。

形态特征 身体呈不规则块状，形如生姜，略侧扁，长、宽各为 40 ~ 70mm，厚约 30mm。体表平坦，背面常有几个呈"一"字形的出水孔。体壁很厚，表面光滑，质地柔韧。体内有圆头针状体，其长短变异很大，此外还有中央膨大的小骨片。体为绿灰色，有时略有橙、红、紫色。

分布与习性 烟台本地俗称海姜，烟台海滨烟台山、东炮台、崆峒岛等地常见，直接固定于海底软泥底质上。有人认为该种与寄居蟹皮海绵（*Suberites domuncula*）是同物异名。

经济意义 经济价值不明。大量繁殖时危害贝类养殖。

图 3-2 海姜皮海绵

二、腔肠动物门 Coelenterata

腔肠动物门是海洋无脊椎动物中的一个重要门类，已知的约有一万种，除少数种类生活于淡水外，绝大多数都是海产。腔肠动物分布广泛，其踪迹几乎遍布整个海洋。

腔肠动物是真正的两胚层多细胞动物，体壁由内、外胚层及中胶层组成，具消化循环腔，有口无肛门。

腔肠动物的身体通常为辐射对称，有水螅型和水母型两种基本体型。水螅型为圆筒形，一端为口，其周围有触手，另一端为附着的基盘，体中央有消化循环腔，多为群体、营底栖固着生活，在群体中一般为一体二态，即营养体和生殖体两种不同功能的个员，称多态现象。水母型呈浅盘状或伞形，多为单体，少数群体，多营浮游生活。

刺细胞为腔肠动物所特有，由外胚层间细胞分化形成，具有攻击和防御的作用。刺细胞遍布于体表、触手、口周围及胃丝等处。

腔肠动物开始出现神经细胞，构成网状神经系统；上皮肌细胞兼具上皮和肌肉的功能。

某些种类可由外胚层细胞分泌形成石灰质或角质的"骨骼"，具有保护和支持作用。腔肠动物可进行无性生殖和有性生殖，群体一般由无性出芽生殖形成，很多腔肠动物的生活史中有明显的世代交替现象。海产种类在发育过程中要经过浮浪幼虫时期。

1. 长硬钩手水母 *Gonionemus vertens*（图 3-3）

分类地位　水螅虫纲 Hydrozoa；淡水水母目 Limnomedusae；花笠水母科 Olindiadidae。

形态特征　伞半球形或近半球形，中胶层薄而硬，伞径 9～15mm，伞高 4～6mm。伞缘有 50～80 个长而硬的触手，在接近远端处有一盘状黏液腺，用以分泌黏液，附着于海藻或其他附着物，触手在此处弯曲成一钝角。触手基部有一卵圆形触手球。平衡囊与触手交互排列，有时在两触手之间有 2～3 个平衡囊，每个平衡囊内有一个小平衡石。

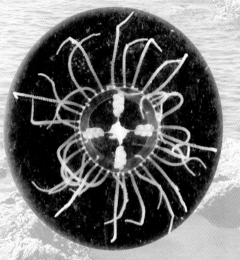

图 3-3　长硬钩手水母

缘膜发达，有发达的环肌。胃部较小，有短柄。有 4 条窄的辐管，口缘有 4 个
皱褶口唇。辐管两侧有 4 个带形的生殖腺，具 3 ~ 4 个皱褶，但不与环管相连。
生殖腺、辐管、环管均为红褐色，触手及触手球浅褐色，触手基部绿色。

分布与习性　烟台山、东炮台等地近岸处海藻繁盛的海水中可以采到，在
水中漂浮游动，以小型甲壳类和幼体等为食。

经济意义　经济价值不明。

2. 霞水母 *Cyanea nozakii*（图 3-4）

分类地位　钵水母纲 Scyphomedusae；旗口水母目 Semaeostomeae；霞水母
科 Cyaneidae。

形态特征　伞部扁平，伞径约 140 ~ 300mm。外伞表面中央具有许多刺
细胞。内伞纵辐位置有 8 束触手，每束数目多而细长，内伞环肌和辐肌束发达。
口呈十字形，口腕发达，从胃囊共发出 16 条辐管，每条辐管的分支小管在伞
缘彼此相连形成复杂的网状管。无环管。伞缘有 16 个缘垂，8 个感觉器。生
殖腺位于胃壁上，呈扭曲形。外伞和口腕呈乳白色或褐色，生殖腺淡黄褐色，
触手淡红色。

分布与习性　该种主要生活于温带和热带海洋，常在 8 ~ 9 月间成群漂浮
于沿海海面和港湾中，烟台附近各海区均有分布。

经济意义　捕食幼鱼、虾、蟹、软体动物的幼虫，对渔业有危害。

图 3-4　霞水母

3. 海月水母 *Aurelia aurita*（图 3-5）

分类地位　钵水母纲 Scyphomedusae；旗口水母目 Semaeostomeae；洋须水母科 Ulmaridae。

形态特征　伞部低于半球形，中胶层较厚，伞径一般 100～200mm，也可达 400mm 以上。8 个缘垂，缘垂间有一个触手囊，囊内有平衡石，囊上有眼点，囊下有缘瓣。每个缘垂上有许多条短的中空触手，上面有环状的刺细胞。口十字形，口腕 4 条，长度约为伞径的 1/2。口腕上长着一排细小的触手。辐管 16 条：4 条主辐管位于两胃囊之间；4 条间辐管从胃囊中央发出，各分 5～6 枝，彼此相连成网状；8 条从辐管，不分枝，位于主辐管和间辐管之间。各种辐管均与环管相通。生殖腺 4 个，多皱褶，呈马蹄形，位于胃腔中，胃丝位于生殖腺的基部。生殖腺下穴圆形，不与胃腔相通。海月水母为乳白色，有时稍带粉色，雄性生殖腺呈粉红色，雌性者呈紫褐色。

分布与习性　7、8 月间成群浮游在烟台附近各海区，退潮时常搁浅于沙滩上。

经济意义　经济价值不明。少数人在海滨浴场接触可出现过敏现象。

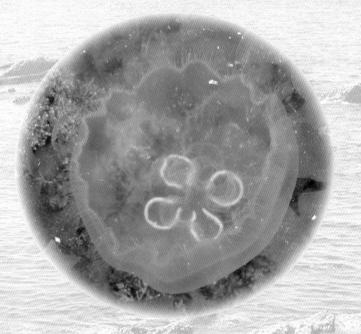

图 3-5　海月水母

4. 海蜇 *Rhopilema esculenta*（图 3-6）

分类地位　钵水母纲 Scyphomedusae；根口水母目 Rhizostomeae；根口水母

科 Rhizostomatidae。

形态特征 伞半球形，中胶层厚，伞径通常 300～450mm，大者可达 1000mm 以上。外伞表面光滑，伞缘有 8 个感觉器，也叫平衡囊，囊内有许多细小的黑色平衡石，囊上无眼点和色素粒。每个感觉器的两侧有尖形缘瓣包围，称为感觉瓣；每 1/8 伞缘有 14～18 个缘垂。口腕 8 个，每个口腕分成 3 翼，各翼的边缘上具有小吸口、小触手及长的丝状附器或棒状物。肩板 8 对，上缘近圆形，具有皱褶，上面也生有很多小吸口、小触手及丝状附器。辐管 16 条，在主辐管和从辐管部位都有一条辐管从胃发出，除从辐管不分枝外，所有辐管在环管内侧分枝，彼此构成网状。内伞有发达环肌。生殖腺 4 个，呈马蹄形。在生殖腺下穴中有一个粗糙的乳突。伞状附器、丝状附器、棒状物、口腕及肩板均为红褐色，生殖腺乳白色；少数个体全部呈乳白色，或只有棒状物为红褐色和粉红色，其他为乳白色。

分布与习性 烟台各海区有分布，遇风浪较大时常有个体被冲至岸边。刺细胞有毒，人被蜇伤后皮肤红肿痛痒。

经济意义 是重要经济种类，其伞部和口腕用明矾处理，洗净后以盐浸制，制成海蜇皮及海蜇头，可供食用。

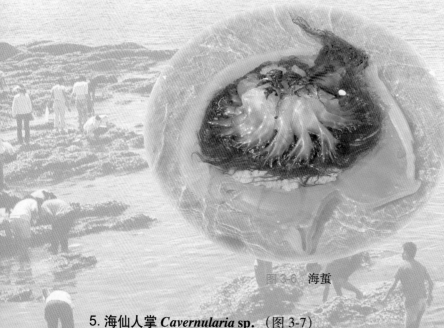

图 3-6 海蜇

5. 海仙人掌 *Cavernularia* sp. （图 3-7）

分类地位 珊瑚纲 Anthozoa；海鳃目 Pennatulacea；棒海鳃科 Veretillidae。

形态特征 群体呈棍棒状，分为两部分：上部为轴部，周围长有许多水螅体；下部为柄，无水螅体，收缩性大。轴部通常是柄部的 2 倍或 2 倍以上。无匍匐根。直接以柄插入泥沙质海底，轴部露出在底质之上。满潮时，膨大直立，可达 300 ~ 500mm，如仙人掌，故有海仙人掌之称。退潮时仅顶端露出沙面。有水螅体和管状体二态。水螅体较大，有 8 个中空的羽状分枝触手，能够伸缩；管状体小，无触手，不能伸缩，它们布满在水螅体之间。水螅体顶端有裂缝状的口。群体内密布骨针，无长骨轴，在轴部和柄的交界处有退化的中轴骨骼。

分布与习性　烟台夹河口附近海区可采到。海仙人掌在生活状态时为黄色或橙色；遇刺激时发磷光，是海洋中著名的发光动物。

经济意义　可入药，有降火、解毒、散结、化痰止咳的功效。

图 3-7　海仙人掌

6. 黄海葵 *Anthopleura xanthogrammica*（图 3-8）

分类地位　珊瑚纲 Anthozoa；海葵目 Actiniaria；海葵科 Actiniidae。

形态特征　体长圆柱形，伸展时体长 80 ~ 180mm，直径 15 ~ 36mm；收缩时体长 20 ~ 45mm，直径 20 ~ 40mm。体柱上部疣状突起多，下部平滑少疣突，常附着有沙粒，在口盘附近有数圈不明显的小疣突。口为椭圆形，周围有触手成圈排列。触手总数 96 个，一般排成 4 圈，其数目由内向外分别为 12、12、24、48，但有变异，总数为 48 ~ 104 个。触手形状一般为长圆锥形，顶端钝，但也有顶端尖者。触手长 12 ~ 25mm。体色灰黄色或浅黄色；口部一般淡黄色，口周围有一圈黑斑；触手灰白色，上有白斑，有的触手基部有 6 对白色条纹。

分布与习性　崆峒岛和烟台开发区夹河口均有分布，潮间带细泥沙中营埋栖生活，常固着于泥沙中的贝壳或小石块上。潮水淹没时，体伸展如菊花状；受刺激后缩入沙内。较容易采集。

经济意义　可入药，主治痔疮、脱肛、带下、中气下陷、蛲虫病。有文献报道，全体含黄海葵强心肽 A、B、C(anthopleurin A、B、C)。黄海葵强心肽 A 的分子质量约 5500Da，由 49 个氨基酸残基组成，含 3 个胱氨酸残基；黄海葵强心肽 C 由 47 个氨基酸残基组成。

图 3-8　黄海葵

7. 绿疣海葵 *Anthopleura midori*（图 3-9）

分类地位　珊瑚纲 Anthozoa；海葵目 Actiniaria；海葵科 Actiniidae。

形态特征　体呈圆柱形，伸展时体长 19 ~ 62mm，直径 16 ~ 54mm；收缩时体长 12 ~ 23mm，直径 10 ~ 31mm。体壁上有许多纵行的疣突，口盘附近的疣突粗大而明显，靠近基盘的疣突逐渐低平而不明显。口为哑铃形，伸展时为椭圆形，位于口盘中央。周围环生有很多触手，通常为 96 个，排成 5 圈，由内向外其数目分别为 6、6、12、24、48，但有变异。触手长 10 ~ 23mm。体壁为绿色或黄绿色；口部淡紫色，有一对红斑；触手浅黄色或淡绿色，背面有一纵行绿条，基部有时有白斑；口盘边缘为红棕色，触手数目少者为绿色。

分布与习性　烟台山、东炮台、崆峒岛、养马岛等处均有绿疣海葵分布，栖息于岩礁间水洼处，以宽大的基盘固着于岩石上，触手伸展形如葵花，受刺激后则收缩成球形。附着牢度较大，采集时宜连同附着物一起撬下。

经济意义　与黄海葵相似。

图 3-9　绿疣海葵

8. 纵条矶海葵 *Haliplanella lineata*（图 3-10）

分类地位　珊瑚纲 Anthozoa；海葵目 Actiniaria；矶海葵科（肌海葵科）Diadunenidae。

形态特征　小形，体伸展时呈圆筒形，可分为柄部和头部，体长一般在 20mm 以下。体壁一般为橄榄绿色、褐色或浅灰色，上有 12 条橙红色或深红色纵条，表面光滑无疣突，有许多小的壁孔，枪丝由此射出。口盘喇叭形，口为裂缝状，位于口盘中央，其外环生多圈细长锥形触手，呈淡灰绿色，并散布白色或灰色斑点。触手排列不规则，通常为 6 的倍数，但变异较大。基盘略宽于体柱。

分布与习性　烟台山、东炮台、崆峒岛等处均可采到，数量较多，以基盘固着于岩石或贝壳上，受刺激后缩成小球。附着牢度中等，采集时容易从附着物上分离。

经济意义　在医学上有一定价值，可用于提取神经毒剂和抗凝血物质，对治疗痔疮、线虫病有一定疗效。

图 3-10　纵条矶海葵

9. 星虫状海葵 *Edwardsia sipunculoides*（图 3-11）

分类地位 珊瑚纲 Anthozoa；海葵目 Actiniaria；爱氏海葵科 Edwardsiidae。

形态特征 身体细长呈蠕虫形，当触手收缩时形状似星虫。体长可达150mm。身体上部较粗，下部较细，基盘部膨大。口盘较小，触手细长，36 条，通常排成 2 圈。有 8 个完整的大隔膜，上生有强大的收缩肌、生殖腺和胃丝；24 个不完整的小隔膜上缺少肌肉、生殖腺和胃丝。体为灰褐色或黄褐色，触手为黄白色或灰褐色。

分布与习性 烟台养马岛大桥下泥沙岸分布较多，常固着于泥沙中的小石块或贝壳上面，营埋栖生活。在水中触手展开于泥沙表面，受刺激后即缩入泥沙中。较易采集。

经济意义 有资料报道，星虫状海葵干物质中的蛋白质和氨基酸含量分别为 62.3％和 51.9％，必需氨基酸占氨基酸总量的 36.6％，不饱和脂肪酸含量为75.27％，其中 EPA 和 DHA 的含量分别为 13.88％和 10.98％，因此是一种开发前景较好的海产品。

图 3-11　星虫状海葵

三、扁形动物门 Platyhelminthes

虫体两侧对称，背腹扁平，三胚层而无体腔，无体节，具皮肤肌肉囊，口多位于腹面，无肛门。梯型神经系，脑位于体前端。具焰细胞的原肾型排泄系。吸虫纲（Trematoda）和绦虫纲（Cestoidea）为寄生性；涡虫纲（Turbellaria）营自由生活，有些种类间接发育过程中经历牟勒氏幼虫 (Müller's larva) 期，自由生活的海洋涡虫国内研究较少。

涡虫纲口腹位，多具可外翻的吻，体表具纤毛和棒状体，包括无肠目（Acoela）、三肠目（Tricladida）、多肠目（Polycladida）等12个目。其中多肠目为海产，体卵圆形或椭圆形，体长几毫米至数厘米，体色多样；吻肉质管状，咽多皱褶，肠分出很多侧枝，末端为盲端；雌雄同体，生殖孔合一或雌孔位于雄孔之后；多为底栖性种类，在潮间带或近岸的砾石下、岩岸裂隙中、海藻及其固着器等都可采到海洋涡虫。

1. 网纹平涡虫（网平角涡虫）*Planocera reticulata*（图3-12）

分类地位　涡虫纲 Turbellaria；多肠目 Polycladida；平角科 Planoceridae。

形态特征　体扁平，卵圆形，前端宽圆，后端稍窄，体长20～50mm，体宽15～30mm。体背面近前端约1/4处，有一对细圆锥形的触角，其基部有呈环形排列的触手眼点，触手间稍前有脑眼点两丛。口位于腹面中央，具4对或5对深的侧褶，沿体中线有纵走的肠管，向两侧有许多分枝，末端为盲端。体背表面灰褐色，有深色的色素颗粒，常结成网状，腹面颜色较浅。生殖孔位于口后，靠前者为雄性生殖孔，靠后者为雌性生殖孔。

分布与习性　潮间带岩石块下习见，烟台山、东炮台、崆峒岛和养马岛等沿岸均可采到，春秋季节较多。

经济意义　经济价值不明。可作为教学和科研实验材料。

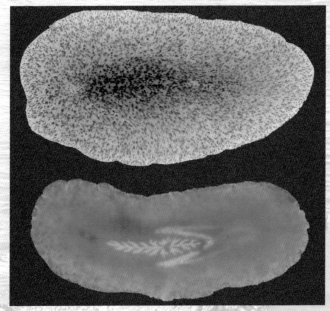

图3-12　网纹平涡虫（网平角涡虫）

2. 薄背涡虫 *Notoplana humilis*（图 3-13）

分类地位 涡虫纲 Turbellaria；多肠目 Polycladida；背涡虫科 Notoplanidae。

形态特征 体薄而扁长，前端钝圆并向后端渐渐变窄，呈长椭圆形。体长一般为 19mm，宽 5mm。触角不明显，位于体前方。两触角间的距离较与边缘的距离小约 1/2。两触角的基部聚集了很多眼点形成稍大的触手眼点，在两脑的内侧上方具两簇较小的脑眼点。口位于腹面中央稍靠前处，咽具较浅的侧褶。雌雄生殖孔分离，皆位于口后，雄生殖孔位于雌生殖孔前。长的阴茎可由雄孔伸出。雌雄同体，异体受精，有交配现象。生活时体多呈淡黄色或灰色，分枝肠的体中部色深于体边缘。

分布与习性 习见于烟台海滨潮间带，常栖息在岩石下或牡蛎壳间，爬行速度较快。

经济意义 经济价值不明。可作为教学和科研实验材料。

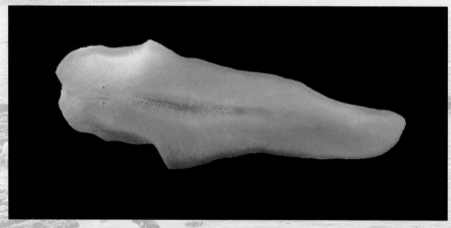

图 3-13 薄背涡虫

四、纽形动物门 Nemertinea

纽形动物 (Nemertinea) 也称吻腔动物 (Rhynchocoela)，简称纽虫 (nemertean) 或吻虫 (proboscis worm)。纽虫身体细长，多呈带状，左右对称，不分节，无体腔，具很强的伸缩性，常盘曲呈纽形。体表有纤毛，常有黏液。消化道背面有强有力并善于收缩的吻。吻能自由翻出体外，是捕食、防御和挖掘的重要器官。消化道末端具有肛门。出现了原始的循环系统。纽虫主要生活在海洋中，营底栖或漂浮生活。海洋底栖纽虫栖息在潮间带或近海的石块下、海藻丛中、海绵间、牡蛎壳或藤壶等固着动物之间。有的生活在泥沙中或珊瑚礁中，有些种类生活在自身分泌的管中，也有的与双壳类、腹足类、海鞘等动物营共栖生活。纽虫虫体肌肉发达，吻很敏感，遇到刺激时，体形非常容易改变，发生自截，吻常翻出或断离身体，身体接着也断裂成许多段，有较强的再生能力。吻针的形状与数目是种的重要分类依据之一。

1. 白额纵沟纽虫 *Lineus alborostratus*（图 3-14）

分类地位　无针纲 Anopla；异纽虫目 Heteronemertea；纵沟纽虫科 Lineidae。

形态特征　虫体细长，略扁平，肠区前部较粗而宽，肠区以后逐渐变细。体长 50 ~ 100cm，宽约 2 ~ 7mm。虫体体色通常为肉红色、暗紫色、深褐色或灰褐色，背面色深，腹面色较浅。头端钝圆，近长方形。前端额部具白色斑纹。头裂明显，位于头部两侧，向后延伸至颈部。从头部背侧后方透视可见暗红色脑神经节。头部和躯干部之间有明显的颈部。身体后端细而尖。吻孔开口于头端。口呈纵裂状，位于头部腹面脑神经节的后方。

分布与习性　烟台夹河口潮间带下区泥沙中可采到。环境不良时有自截现象，易断裂。

经济意义　经济价值不明。

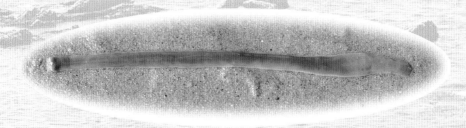

图 3-14　白额纵沟纽虫

2. 短无头沟纽虫 *Baseodiscus curtus*（图 3-15）

分类地位　无针纲 Anopla；异纽虫目 Heteronemertea；无头沟纽虫科 Baseodiscidae。

形态特征　体细长，丝状或带状，背腹略扁，体长 130 ~ 250mm，体宽约 3mm。体表光滑。头部前端钝圆，向后逐渐变细，与颈部区分不明显。头部边缘具多数眼点。身体背面褐色，有深色斑点，腹面为灰白色。

分布与习性　烟台山、东炮台、夹河口、崆峒岛、养马岛等处均可采到，生活在海藻或岩石下，受触动后身体易卷曲。

经济意义 经济价值不明。

图 3-15 短无头沟纽虫

五、环节动物门 Annelid

身体两侧对称，具体节，裂生真体腔，闭管式循环系统，链式神经系统，螺旋式卵裂，海生种类多经担轮幼虫（trochophora）时期。根据体表刚毛、疣足、环带、吸盘等结构的多少和有无，通常分为多毛纲（Polychaeta）、寡毛纲（Oligochaeta）、蛭纲（Hirudinea）。

多毛纲是环节动物门中最大的一个纲，有90余科、约1000个属、8000多种。多毛纲动物雌雄异体，无环带，生殖管简单，具疣足 (parapodium) 和成束的刚毛 (chaetae, setae)。身体前端的口前叶 (prostomium) 和围口节 (peristomium) 共同组成头部，常具触角（palp）、触手（antennae）、触须（cirri）和眼，是动物摄食和感觉中心。个体发育中多经担轮幼虫期，绝大多数为海生。体长10～50mm。多毛类习见于潮间带，翻转石块、搬动海藻或挖掘软泥沙都可采到。

1. 日本刺沙蚕 *Neanthes japonica*（图 3-16）

分类地位 多毛纲 Polychaeta；叶须虫目 Phyllodocida；沙蚕科 Nereididae。

形态特征 体长圆柱形，头部明显，体前端较粗，后端渐细，体长

110～200mm，宽7～10mm，具80～120刚毛节。围口节有4对触须，最长的触须后伸达第2～4刚毛节。口前叶宽大于长，有2个短小的触手和2个粗大的触角。眼2对，呈梯形排列。具可翻出的吻，吻上除V区无齿外，各区均具圆锥状齿。Ⅰ区1～5个；Ⅱ区10～12个，排成弯曲排；Ⅲ区30～40个，排成一横椭圆形堆；Ⅳ区12～15个，排成2～3弯曲排；Ⅵ区一堆4～7个；Ⅶ、Ⅷ区一横排15～20个。大颚深褐色，有5～6个侧齿。体前部及中部疣足的上背叶呈宽大叶片状，具3个背舌叶，中央的一个小，背须不超过疣足叶。背刚毛均为等齿刺状，疣足腹叶具刺状和异齿镰刀形刚毛及少数简单刚毛。肛门位于肛节背面，有1对细长的肛须。生活时体背面为淡红色、深绿色至黄绿色，腹面为黄绿色至粉白色，口前叶及体前部背面一般有褐色斑。

分布与习性 东炮台、金沟寨、夹河口、养马岛等泥沙岸可采到。栖息于潮间带或潮下带软泥或泥沙中，在河口泥沙滩较多。昼伏夜出，穴口直径为5～6mm，在穴口周围常堆积有长条形排泄物，其长度为2mm左右。在活动时期穴深一般150～200mm。

经济意义 此种是海洋鱼类等的优质饵料，近年来已开展池塘或虾池人工纳苗养殖；它还是污水的指示生物，成为自然的环境监测者。

图3-16 日本刺沙蚕

2. 长吻沙蚕 *Glycera chirori*（图3-17）

分类地位 多毛纲 Polychaeta；叶须虫目 Phyllodocida；吻沙蚕科 Glyceridae。

形态特征 口前叶短，圆锥形，具10个环轮。吻器分散，圆锥形或球形。

副颚仅具一长而粗的翅。典型疣足具2个前刚叶和2个后刚叶：2个前刚叶近等长，基部宽圆，前端突然收缩；背后刚叶与前刚叶相似但稍短，而腹后刚叶短而圆。背须瘤状，位于疣足基部上方。鳃一根指状，简单可伸缩，位于疣足前方。

分布与习性 分布于潮间带和潮下带，栖底软泥，喜群集。

经济意义 海洋鱼类的优质饵料。

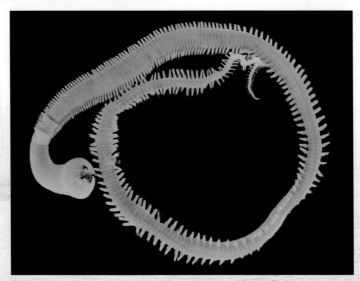

图 3-17 长吻沙蚕（甲醛固定标本拍照）

3. 澳洲鳞沙蚕 *Aphrodita australis*（图 3-18）

分类地位 多毛纲 Polychaeta；叶须虫目 Phyllodocida；鳞沙蚕科 Aphroditidae。

形态特征 体呈卵圆形，背腹扁平，背隆腹平，后端稍尖，体长 38～75mm，宽 20～40mm，具 35～40 个体节。口前叶小，近圆形，其上有丝状中触手 1 个和 1 对大而无柄的眼，中触手稍长于口前叶。触手的下方有粗大的额尖 1 个。口前叶腹面有长圆锥形触角 1 对，上有小乳突，长约为口前叶长的 7 倍。触角下面还有一半圆形的面结节。围口节两侧各有 1 对触须。身体背面有 15 对半透明的背鳞片，表面光滑，但盖在由疣足伸出的毡状刚毛下面。疣足分背腹两叶，背叶较短，其上面有大量的毡状刚毛将身体背面盖住，还有一种细而长的金黄色刺状刚毛，从毡状刚毛中伸出；腹叶较发达，具有短的黑色刚毛。腹刚毛可分为上、中、下 3 层：上层 2～3 根，粗，具钝端；中层 3～4 根；下层约 7 根，具尖端。虫体灰褐色，常有沙粒附着于体表。

分布与习性 东炮台、金沟寨等岩岸或泥沙岸均可采到。生活在潮下带

0~100m 深的海底，常被暴风雨冲打到岸边。在软泥底上缓慢活动捕食。

经济意义 可作为大型鱼类的食饵。

图 3-18 澳洲鳞沙蚕

4. 软背鳞虫 *Lepidonotus helotypus*（图 3-19）

分类地位 多毛纲 Polychaeta；叶须虫目 Phyllodocida；多鳞虫科 Polynoidae。

形态特征 体长椭圆形，背腹扁平，长 40 ~ 60mm，宽 12 ~ 20mm，由 26 个体节组成。口前叶长宽近等，前缘有 3 个触手，中间一个较长。背面有 2 对眼点，前面 1 对较大。腹面两侧各有一个肥大的触角。围口节触须位于两侧，各 1 对。外翻的吻前缘上下两面各有 13 ~ 15 个乳突，吻长约 10mm，口内共有 2 对大颚。背部具鳞片 12 对，呈覆瓦状排列，分别位于第 2、4、5、7、9 节，以后每隔一节有一对，直至第 23 节。背中线裸露。鳞片青灰色或浅褐色，中央有亮点。鳞片肉质，软而厚，位于身体前后两端的较小，中央的较大。鳞片上大而圆的乳突较少，且不具缘穗，具明显的脉纹。触手、触须和疣足背须近末端具明显的膨大部。疣足背叶除具内足刺外，亦具细毛状刚毛，腹叶刚毛具侧齿和 1 个长端片。排泄孔在疣足腹面，由第 8 节开始。围肛节有 1 对肛须。

分布与习性 东炮台、烟台山等岩岸可采到。生活在潮间带岩岸或砾石岸，常在石块下或海藻间有水处。

经济意义 是鱼类的天然饵料。

图 3-19 软背鳞虫

5. 短毛海鳞虫 *Halosydna brevisetosa*（图 3-20）

分类地位 多毛纲 Polychaeta；叶须虫目 Phyllodocida；多鳞虫科 Polynoidae。

形态特征 身体长椭圆形,两端钝,长 40～50mm,宽 6～16mm。口前叶稍长,具 2 对眼,前对略大。3 个触手,中触手较长,侧触手为中触手长的 2/3,近末端具膨大部。共有 37 个体节,其中 35 节有刚毛。背部有 18 对宽肾形或椭圆形鳞片,每对鳞片之间的背中线稍裸露。体前部鳞片上具大的乳突。鳞片具暗褐色色斑。体中部疣足背叶小,具短的锯齿状背刚毛和镰状具粗锯齿的腹刚毛。

分布与习性 烟台潮间带或潮下带岩岸有分布,常自由生活于牡蛎、贻贝等附着贝类的生物群落间。

经济意义 是鱼类的天然饵料。

图 3-20 短毛海鳞虫

6. 巴西沙蠋 *Arenicola brasiliensis*（图 3-21）

分类地位　多毛纲 Polychaeta；小头虫目 Capitellida；沙蠋科 Arenicolidae。

形态特征　又名柄袋沙蠋。体圆筒形、蠕虫状，前端粗，后端细，形似蚯蚓，故俗称海蚯蚓。体长 120 ~ 180mm，宽可达 15mm。口前叶小，呈三叶形，可缩到半月形颈沟内，其上不具触手和触角。眼很小，固定后的标本不容易看到。口内有可以翻出的囊状肉质吻，吻上有许多小乳突。围口节 2 节，每节皆双环轮，无附肢、无刚毛，有一对平衡器官。从第 5 节开始共有 17 个刚毛节。位于最前方的 6 节为胸区，节上无鳃；第 7~17 节为腹区，具 11 对鲜红色的鳃；腹区以后部分为尾区，细，无鳃及疣足。从第 3 刚毛节开始，每节都有环轮，5 节以前的环轮数目少。疣足为双叶型，背叶为圆锥形突起，上具一束羽毛状细刚毛；腹叶为横的突起，此突起向腹面延伸几达腹中线，腹叶的突起上具一行带弯钩的刚毛。消化道前部具 1 对食道囊。肾管 6 对，开口在第 5 ~ 10 刚毛节。神经索位于纵肌层之间，将纵肌层隔断，与环肌相连，即在神经索与环肌之间无纵肌层。生活时体色为褐色或绿褐色，上具闪烁的金属光泽，鳃为鲜红色，刚毛为金黄色。

分布与习性　夹河口、崆峒岛、养马岛等泥沙岸可采到。喜欢栖息在细沙底质，在 U 形穴道中生活。其洞穴头端与后端两开口之间距离为200 ~ 300mm。吞食泥沙中有机物质，穴道头端开口形成漏斗状下陷，直径70 ~ 100mm；后端开口外侧有粪条堆，有时高达 400mm，直径 80 ~ 120mm。7 ~ 9 月是沙蠋的生殖季节，卵排出后形成具柄的卵袋，卵袋圆形或椭圆形，包括柄部在内约长 95mm。

经济意义　沙蠋体大而肥，为优良钓饵。

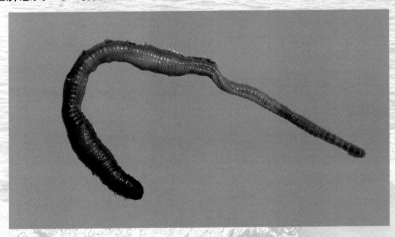

图 3-21　巴西沙蠋

7. 红色叶蛰虫 *Amphitrite rubra* （图 3-22）

分类地位 多毛纲 Polychaeta；小头虫目 Capitellida；蛰龙介科 Terebellidae。

形态特征 管栖蠕虫，具粘有沙和泥的栖管。身体前端粗而圆，自前向后逐渐变细。体前端有 3 对分枝丝状的鳃，由一共同的基部伸出，鳃的大小相同，鳃丝鲜红色。前部体节有侧瓣。疣足不发达。从第 4 节起，背叶有须状刚毛，末端有微齿。从第 5 节起，腹叶有小的钩状刚毛，在后部体节上排成 2 列。身体前端腹面有 12 个楯状腺体，可以分泌黏液制造管子。

分布与习性 东炮台、崆峒岛、养马岛等泥沙岸可采到。生活在潮间带，其中上区比中、下区数量多，营管栖生活。管细，暗灰色，附着有泥沙粒和贝壳碎片，管的上端常露出地面。

经济意义 是底栖鱼类的优质天然饵料，也是优良的钓饵。

图 3-22　红色叶蛰虫

六、蜾虫动物门 Echiura

蜾虫身体柔软，呈囊状或纺锤状，两侧对称，无体节，无疣足。口位于虫体前端，口前叶很发达，多具软而细长的吻。吻不能缩入躯干部，可协助摄食。吻后为躯干部，前端腹面具 1 对钩状刚毛。体腔很大，无隔膜。消化道常为体长的数倍。肛门在体后端。肾管兼生殖管，数目不等。雌雄异体。发育经担轮幼虫期，幼虫具分节现象。全部为海生、底栖穴居。分类鉴定主要依据躯干体壁各肌肉层的位置、肾管数和排列方式，以及循环系统的情况。

单环刺螠虫 *Urechis uniconctus*（图 3-23）

分类地位　螠虫动物门 Echiurida；异吸目 Xenopneusta；刺螠科 Urechidae。

形态特征　俗称"海肠子"。体呈圆筒状，长 100 ～ 300mm，宽 25 ～ 27mm。体前端略细，后端钝圆。体不分节。体表有许多疣突，略呈环状排列。吻能伸缩，短小，匙状，与躯干无明显界限。吻基部腹面具一下凹的沟（腹中线）并向后延伸达体末端。口的后方、吻的基部腹面有 1 对黄褐色钩状腹刚毛，两刚毛间距长于自刚毛至吻部的距离。身体前半部有腺体，可分泌黏液，在产卵或营造泥沙管时润泽用。体末端有横裂形的肛门，在肛门周围有 1 圈后刚毛或称尾刚毛，11 ～ 12 根，呈单环排列。无血管，体腔液中含有紫红色的血细胞。肾管 2 对，基部各有 2 个螺旋管。肛门囊 1 对，呈长囊状。生活时虫体呈紫红色或棕红色。

分布与习性　夹河口、崆峒岛、养马岛等泥沙岸可采到。生活在泥沙滩潮间带低潮区及浅海海底泥沙内，穴居，居泥沙管内，穴道呈"U"形，深约30 ～ 40cm。涨潮时可用吻捕食，退潮后即隐入沙中。

经济意义　体壁可食用，味道鲜美，是海产珍品，海产集市常有出售。已开始尝试人工养殖。

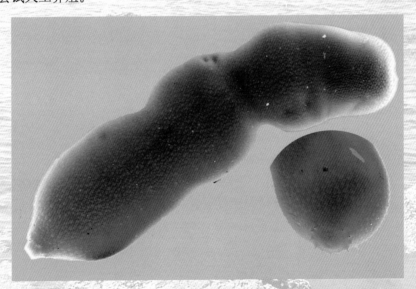

图 3-23　单环刺螠虫

七、软体动物门 Mollusca

软体动物门是动物界中第二大门，已知种类约有 13 万种，生活范围极广，海水、淡水和陆地均有，其中约有一半生活在海水环境中。软体动物的形态结构变异较大，但基本结构相同：身体柔软，不分节，可区分为头、足、内脏团三部分，体外被套膜，常常分泌有贝壳。头位于身体的前端，运动敏捷的种类头部分化明显，其上生有眼、触角等感觉器官，如腹足纲和头足纲种类；行动迟缓的种类头部不发达，如多板纲种类；穴居或固着生活的种类头部已消失，如双壳纲种类。足通常位于身体的腹侧，为运动器官，常因动物的生活方式不同而形态各异。有的足部发达呈叶状、斧状或柱状，可爬行或掘泥沙；有的足部退化，失去了运动功能，如扇贝等；固着生活的种类则无足，如牡蛎；有的足已特化成腕，生于头部，为捕食器官，如乌贼和章鱼等，称为头足。内脏团在身体的背面，包括心脏、肾脏、胃、肠和消化腺等；外套膜为身体背侧皮肤褶向下伸展而成，常包裹整个内脏团。外套膜与内脏团之间形成的腔称外套腔（mantle cavity）。腔内常有鳃、足及肛门、肾孔、生殖孔等的开口。外套膜由内、外两层表皮和其间的结缔组织及少数肌肉组成，其表皮细胞能分泌碳酸钙和有机物质形成贝壳。由于食物、温度等因素对外套膜分泌机能的影响，贝壳的生长速度各不相同，因此在贝壳表面形成了生长线，表示出生长的快慢。贝壳是软体动物的保护器官，动物在正常生活的情况下将头伸出壳外活动，如遇意外危险即缩入壳内。贝壳的形状随着种类的不同变化很大，有的种类变为内壳或完全消失。

（一）软体动物门各纲的外形特征

1. 多板纲 Polyplacophora （图 3-24）

全部生活在沿海潮间带，常以足吸附于岩石或藻类上。体呈椭圆形，背稍隆，腹平。身体背中部通常具覆瓦状排列的 8 块壳板：前面 1 块半月形，称头板（cephalic plate）；中间 6 块结构一致，称中间板（intermediate plate）；末块为元宝状，称尾板（tail plate）。各板间可前后抽拉移动，因此动物脱离岩石后可以曲卷起来。贝壳周围不被壳板覆盖的一圈裸露的外套膜，称环带（girdle），其上丛生有小针、小棘等。头部不发达，位腹侧前方，圆柱状，有一向下的短吻，吻中央为口。足宽大，吸附力强，在岩石表面可缓慢爬行。足四周与外套之间有一狭沟，即外套沟，在沟的两侧各有一列盾鳃，6 对或数十对。已知的多板类约有 1000 多种。

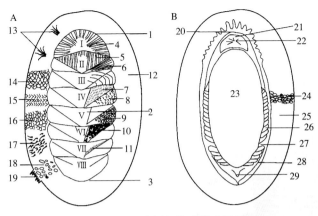

图 3-24　多板纲外形模式图

A. 背面观；B. 腹面观

Ⅰ～Ⅷ. 壳板；1. 头板（前板）；2. 中间板（中板）；3. 尾板（后板）；4. 放射肋；5. 肋；6. 辐射线；7. 刻槽；8. 放射结；
9. 颗粒；10. 网纹；11. 壳眼；12. 环带；13. 针束；14. 鳞片；15. 尖头鳞；16. 条鳞；17. 毛；18. 棘；19. 边缘刺；
20. 触手状突起；21. 唇瓣；22. 口；23. 足；24. 环带下鳞片；25. 环带下面；26. 鳃；27. 肾孔；28. 鳃孔；29. 肛门

2. 腹足纲 Gastropoda（图 3-25）

软体动物中最大的一类，有 10 万种以上。腹足纲动物的足部非常发达，位于腹部，故名腹足纲，它们之中大多数种类具有 1 枚螺壳，所以又叫做单壳类。有螺壳的种类，多数具有石灰质或角质的厣。

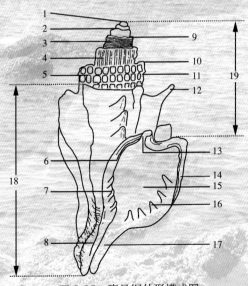

图 3-25　腹足纲外形模式图

1. 壳顶；2. 螺层；3. 螺旋线；4. 纵肋；5. 瘤状结节；6. 内唇；7. 皱襞；8. 脐；9. 缝合线；10. 肩角；11. 螺旋肋；
12. 棘状突；13. 后沟；14. 外唇；15. 壳口；16. 齿状突；17. 前沟；18. 体螺层；19. 壳塔

3. 双壳纲 Bivalvia（图 3-26）

双壳纲动物全部生活在水中，大部分海产，少数在淡水，约有2万种，分布很广。身体左右对称。通常具2枚贝壳。头退化，无齿舌，足呈斧状或蠕虫状。鳃常呈瓣状，位于外套腔中。一般运动缓慢，有的潜居泥沙中，有的固着生活，也有的凿石或凿木而栖。贝壳铰合部齿的形状、闭壳肌发育的程度、鳃的构造、贝壳外部特征等是进行分类的主要依据。

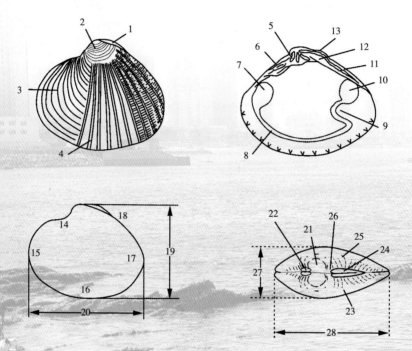

图 3-26　双壳纲贝壳模式图

1.外韧带; 2.生长线; 3.轮脉; 4.放射肋; 5.主齿; 6.前侧齿; 7.前闭壳肌痕; 8.外套痕; 9.外套窦; 10.后闭壳肌痕; 11.后侧齿; 12.齿丘; 13.外韧带; 14.前背缘; 15.前缘; 16.腹缘; 17.后缘; 18.后背缘; 19.壳高; 20.壳长; 21.壳顶; 22.小月面; 23.左壳; 24.楯面; 25.右壳; 26.外韧带; 27.壳宽; 28.壳长

4. 头足纲 Cephalopoda（图 3-27）

头足类全海产，肉食性。体左右对称，分头、足、躯干三部分。头部发达，两侧有一对发达的眼，眼的表面或被有透明的角质薄膜。原始种类具外壳，多数为内壳或无壳; 足着生于头部，特化成腕和漏斗，故称头足类。漏斗位于头腹面、头与躯干之间。口腔有颚片和齿舌。神经系统集中，感官发达。闭管式循环系统。直接发育。头足类的生活种类约有700种，化石种类在10 000种以上。

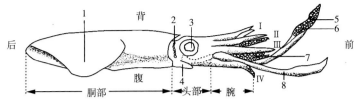

图 3-27　头足纲身体各部位模式图

Ⅰ～Ⅳ示第 1～4 对腕。1.鳍；2.嗅觉陷；3.眼；4.漏斗；5.触腕穗；6.触腕吸盘；7.腕吸盘；8.触腕

（二）软体动物门习见种类

1. 网纹鬃毛石鳖 *Mopalia retifera*（图 3-28）

分类地位　多板纲 Polyplacophora；石鳖目 Chitonida；鬃毛石鳖科 Mopaliidae。

形态特征　身体呈长扁椭圆形，长 21mm，宽 14mm。背部中央具有 8 块壳板，壳板灰白色或黄白色，杂有不均匀的绿褐色、黄褐色或粉红色斑点，有的个体完全为绿色。头板半圆形，上面具有网状刻纹和 8 条颗粒状的放射肋，嵌入片有 8 个齿裂。中间板的中央部亦具网状刻纹，翼部有 1 条粗大的颗粒状放射肋，两侧各具一个齿裂。头板和中间板后部边缘均有一列粒状突起。尾板较小，

图 3-28　网纹鬃毛石鳖

自壳顶向两侧各有一条放射肋，中央区较大，网纹状，后区较小，尾板后端中央有一明显的缺刻。环带土黄色，其表面具有分布不均匀和长短不一的鬃毛状棘刺。足部黄色，发达。鳃 16 对，位于足两侧的后半部。

分布与习性　东炮台、烟台山等岩石岸可采到，但不多见。生活在潮间带低潮区岩石间。

经济意义　肉可食，但个体小，数量少，经济价值不大。

2. 红条毛肤石鳖 *Acanthochiton rubrolineatus*（图 3-29）

分类地位　多板纲 Polyplacophora；石鳖目 Chitonida；隐板石鳖科 Cryptoplacidae。

形态特征　身体长椭圆形，长 28mm，宽 17mm。壳板较窄，暗绿色，沿中

部有 3 条纵走的红色线纹。头板半圆形，表面有粒状突起，嵌入片有 5 个齿裂。中间板峰部具细的纵肋，翼部具有较大的颗粒状突起，嵌入片的翼部位置具 1 个齿裂。尾板小，其上有纵肋和粒状突起，嵌入片两侧各有一个齿裂。环带宽，呈深绿色，其上面具有密集的棒状棘刺，沿壳板有 18 丛针束。头部位于身体腹面前方，呈半圆形突起，口在中央稍下处。足在头后方，宽大，占腹面绝大部分。足与外套之间有狭窄的外套沟，每侧沟内有 21 ～ 24 个鳃。

分布与习性 东炮台、金沟寨、烟台山、养马岛等岩岸均可采到，是全国沿岸最习见种类之一。生活在潮间带中、下区至数米深的浅海。以宽大的足部和环带附着在岩礁及海藻上，用齿舌刮取各种海藻为食。潮退后吸着于岩石上，采到后，其身体能向腹面弯曲，壳板露在外面，借以自卫。

经济意义 可食用，也可入药，药名海石鳖、海八节毛，能软坚散结，医治淋巴结核，对麻风病有一定的疗效。

图 3-29 红条毛肤石鳖

3. 朝鲜鳞带石鳖 *Lepidozona coreanica* （图 3-30）

分类地位 多板纲 Polyplacophora；石鳖目 Chitonida；锉石鳖科 Ischnochitonidae。

形态特征 身体呈长扁椭圆形，长 22mm，宽 15mm。颜色有变化，从黑绿色到土褐色。背部 8 块壳片呈覆瓦状排列，上面具不规则的斑点。头板具有 16 条由粒状突起组成的放射肋，嵌入片有 10 ～ 14 个齿裂。中央板的肋部具有细小粒状的纵肋，翼部具有粒状的放射肋，嵌入片每侧各具 1 ～ 2 个齿裂。尾板小，中央区有纵肋，后区有放射肋，嵌入片具 12 ～ 14 个齿裂。环带狭窄，满被小的鳞片。足部发达，鳃 34 对，鳃列与足等长。

分布与习性　东炮台、养马岛等岩岸可采到，为我国北方沿岸习见种类之一。生活在潮间带低潮区岩石间或石块的下面，在水深 28m 处也有发现。

经济意义　肉可食，但个体小、数量少，经济价值不大。

图 3-30　朝鲜鳞带石鳖

4. 皱纹盘鲍 *Haliotis discus hannai*（图 3-31）

分类地位　腹足纲 Gastropoda；前鳃亚纲 Prosobranchia；原始腹足目 Archaeogastropoda；鲍科 Haliotidae。

形态特征　贝壳长椭圆形，壳质坚实。壳长 83 ～ 128mm、宽 58 ～ 86mm、高 20 ～ 30mm。螺层约 3 层，壳顶钝通常被磨损，壳顶位于偏后方，稍高于壳面，但低于壳的最高位。从第二螺层到体螺层的边缘有一列高的突起和 3 ～ 5 个孔。壳面有许多粗糙而不规则的皱纹。生长线较明显，沿着水孔列左下侧面有一条凹的螺沟。壳口卵圆形，几乎与体螺层等大。无厣。足极发达。壳表为深绿褐色，壳内面为银白色带青绿色的珍珠光泽。

分布与习性　崆峒岛、养马岛等岩岸可采到。生活于低潮线附近至水深 10m 左右的岩礁间。栖息环境需潮流畅通、水清、海藻繁盛。以褐藻和红藻为食，但也吞食其他小动物，如有孔虫、多毛类、桡足类等。幼鲍以食底栖硅藻为主。

经济意义　足部肌肉极肥大，肉质细嫩，味道鲜美，是著名的海珍品，为重要的经济贝类，已开展大规模人工放流增殖和人工养殖。其上足发达，活动能力强，能适应低温、低盐环境，不仅在我国北方沿海进行养殖，而且南移到福建沿海养殖。贝壳即中药石决明，可供药用，治疗高血压、头目眩晕、胃酸过多、失眠等症。

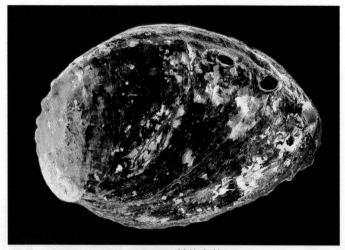

图 3-31　皱纹盘鲍

5. 嫁蝛 *Cellana toreuma*（图 3-32）

分类地位　腹足纲 Gastropoda；前鳃亚纲 Prosobranchia；原始腹足目 Archaeogastropida；帽贝科 Patellidae。

形态特征　贝壳呈笠状，低平，周缘呈长卵圆形。壳质较薄，近半透明。壳长 49mm、宽 39mm、高 11mm。壳顶位于近前方约 1/3 或 1/4 处，向前方略弯曲。贝壳表面具有明显放射肋 30 ～ 40 条，肋间有 1 ～ 3 条比较密集的细小肋。贝壳前端部分较窄，后部较宽。壳面颜色有变化，常呈暗灰色或黄绿色，杂有不规则的紫褐色斑点。壳内面似镀有一层光亮的银灰色，常映现出壳表面的色彩。壳的周缘具有细齿状缺刻。无本鳃，具有界于外套膜和足部之间的排列成环状的外套鳃。

分布与习性　东炮台、金沟寨、烟台山、崆峒岛、养马岛、夹河口等岩岸均可采到，为习见种。生活在潮间带附近岩礁上，多在中、低潮区，用腹足吸附在岩石上。吸附力很强，采集时要骤然采之（用刀或镊子），否则即使将贝壳采下来，它的肉体有时仍吸附在岩石上。主要以大型藻类为食。

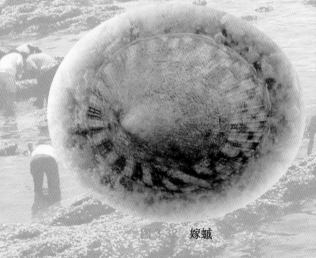

图 3-32　嫁蝛

经济意义：肉可食，壳可药用，煎服可治小儿惊风。

6. 史氏背尖贝 *Notoacmea schrenckii*（图 3-33）

分类地位　腹足纲 Gastropoda；前鳃亚纲 Prosobranchia；原始腹足目 Archaeogastropida；笠贝科 Acmaeidae。

形态特征　贝壳低笠状，周缘完整，椭圆形或近圆形。壳长 24～30mm、宽 21～26mm、高 6～10mm。壳质坚实，但较薄，近半透明。壳顶近前端至前缘的距离约为壳长的 1/4 左右。壳顶尖端向下弯曲，略低于壳最高处。壳表面有许多细小而密集的放射肋，肋上有十分明显的串珠状小颗粒。壳表面颜色变化很大，绿色或黄褐色，并有许多褐色放射带或云斑。壳内面

图 3-33　史氏背尖贝

为灰青色，中央白色，壳边缘有棕色窄圈，其上有规则的深棕色放射带。

分布与习性　东炮台、金沟寨、烟台山、崆峒岛、养马岛等岩岸均可采到，是全国沿岸最习见种类之一，数量较多。多栖息于潮间带中、下区。用腹足附着在岩石上生活，采集时须很快，否则其足牢固附着，不易取下。

经济意义　肉可供食用，但个体小，经济价值不大。

7. 矮拟帽贝 *Patelloida pygmaea*（图 3-34）

分类地位　腹足纲 Gastropoda；前鳃亚纲 Prosobranchia；原始腹足目 Archaeogastropida；笠贝科 Acmaeidae。

形态特征　贝壳呈帽状，小型，壳周缘椭圆形，壳质坚实而厚。壳长 10～21mm、宽 9～17mm、高 5～11mm。壳顶钝而高起，位于壳的亚中央部稍靠前方，到前缘的距离约为壳长的 1/2，壳顶常被腐蚀。壳顶前坡直，后坡侧略呈隆起状。壳表面放射肋极细弱，生长线不甚明显。壳面颜色暗淡，多呈青灰色，常被腐蚀，边缘常有棕色和白色相间的放射色带。壳内面为灰白色或淡蓝色，边缘有一圈窄的褐色与白色相间的镶边，中间有黑褐色肌痕。

分布与习性　东炮台、金沟寨、烟台山、崆峒岛、养马岛等岩岸均可采到，

是全国沿岸最习见种类之一，数量较多。附着在潮间带岩石上生活，习性与嫁
蝛相似。

经济意义 肉可供食用，但个体小，经济价值不大。

图 3-34　矮拟帽贝

8. 托氏蜎螺 *Umbonium thomasi*（图 3-35）

分类地位 腹足纲 Gastropoda；前鳃亚纲 Prosobranchia；原始腹足目
Archaeogastropida，马蹄螺科 Trochidae。

形态特征 贝壳低圆锥形，壳质结实。壳宽（12～21mm）大于壳高
（9～15mm）。壳表光滑有光泽，通常为棕色，也有棕色与紫色相间者。螺层
6～7层，各层宽度逐渐均匀增加，壳顶至体螺层成一较平整的斜面，缝合线浅，
呈细线状，其下有一约略可辨的缢痕，有的个体缝合线为紫红色。螺层表面具
细密的棕色波状斑纹，或为暗红色火焰状的条纹。壳面的螺旋纹和生长线细密，
不显著。壳内面银灰色，有珍珠光泽。壳口近四方形，外唇薄而简单，内唇厚而短，
具齿状小结节。壳底部平坦，脐孔被白色光滑的胼胝掩盖。厣角质，近圆形，棕色，
稍薄，核位于中央，有 10 圈同心的生长环纹。

分布与习性 夹河口、崆峒岛、养马岛等沙滩或泥沙滩可采到，数量很多，
8 月份大量出现，为河口区沙滩上栖居密度最大的贝类之一。生活在潮间带沙滩
或泥沙滩上，以中区最多，平日喜在沙滩上爬行，大风时潜入沙中，在沙面上
爬行时，经过处留下一条痕迹。有时聚集成群，很容易采集。

经济意义 肉可食，亦可作为对虾的饵料。贝壳壳纹艳丽，是贝雕工艺的
良好材料。

图 3-35 托氏蜎螺

9. 单齿螺 *Monodonta labio*（图 3-36）

分类地位 腹足纲 Gastropoda；前鳃亚纲 Prosobranchia；原始腹足目 Archaeogastropida；马蹄螺科 Trochidae。

形态特征 壳呈拳形，壳质厚而坚实。壳高 17 ～ 26mm、宽 16 ～ 22mm。螺层 6 ～ 7 层，螺旋部稍高于体螺层，每一螺层有带状螺旋形较细弱的螺肋 5 ～ 6 条。体螺层膨胀，有 15 ～ 16 条较粗大的螺肋。这些螺肋和生长线交织成方形的颗粒突起，排列整齐如石块叠置，故又称石叠螺。壳表多为暗绿色，具有白色、绿色和褐色斑。壳内面为白色，具有珍珠光泽。壳口为卵圆形，外唇边缘薄，稍向内则加厚，形成一个半环形突起，上面具有一列弱齿，约 8、9 个。内唇基部增厚，形成一个强大的白色尖齿。脐孔完全为胼胝所掩盖。厣为角质，圆形，棕褐色，核位于中央，具有同心的生长纹。

分布与习性 东炮台、烟台山、金沟寨、崆峒岛、养马岛等岩岸均能采到，是我国沿海习见种类之一。从高潮线至低潮线岩礁岸均有发现，以中潮线附近聚集较多，喜群栖于石缝或石块下。繁殖季节一般为 7 ～ 8 月，卵为褐色。以海藻为食，对紫菜等经济藻类养殖业有危害。

经济意义 肉可食用。

图 3-36 单齿螺

10. 锈凹螺 *Chlorostoma rustica*（图 3-37）

分类地位 腹足纲 Gastropoda；前鳃亚纲 Prosobranchia；原始腹足目 Archaeogastropida；马蹄螺科 Trochidae。

形态特征 贝壳圆锥形，壳质坚厚。壳高 14 ～ 25mm、宽 19 ～ 27mm。螺层 5 ～ 6 层，各螺层壳宽度自上而下逐渐增加，缝合线浅。壳顶常被磨损。体螺层不膨大。壳面各层均有细弱的螺旋形肋和粗大的斜行放射肋，尤其在基部 2 ～ 3 层特别明显。壳面黄褐色，有斜行的棕色带，密布似铁锈色斑纹。壳内面灰白色，具珍珠光泽。壳口呈马蹄形，外唇薄，具有褐色和黄色相间的镶边；内唇厚，上方向脐孔伸出一白色遮缘，下方向壳口伸出 1 或 2 个白色齿。壳底平，有黄褐色旋纹与同心环纹相交。脐孔大而深。厣角质，圆形、棕红色有银色镶边，核位于中央，有细微的生长环纹。

图 3-37 锈凹螺

分布与习性 东炮台、崆峒岛、养马岛等岩岸均能采到，是我国沿海习见种类之一。主要生活在潮间带中、下区，20 ～ 50m 深的岩礁海底也有采获，退潮后常隐藏在石块下或石缝内。以褐藻和红藻等海藻为食，是海带、紫菜等经济藻类养殖业的敌害。

经济意义 肉供食用，贝壳可入药，有平肝潜阳的作用，可代石决明。

11. 朝鲜花冠小月螺 *Lunella coronata coreensis*（图 3-38）

分类地位　腹足纲 Gastropoda；前鳃亚纲 Prosobranchia；原始腹足目 Archaeogastropida；蝾螺科 Turbinidae。

形态特征　贝壳近球形，壳质坚固而厚。壳高 16 ~ 27mm、宽 17 ~ 26mm。螺层 5 ~ 6 层，自上而下急剧增宽，缝合线浅。壳顶低，常被侵蚀。体螺层较膨胀。壳面螺旋肋与生长线交织形成许多细颗粒，排列成行，在缝合线下方的一行颗粒结节大而显著。体螺层中部的一条螺肋向外扩展，使螺层上半部形成略似肩部的倾斜面。壳表深灰色和黄褐色或灰绿色相间，并常具有各色斑纹。壳内面青白色，有珍珠光泽。壳口圆形，外唇简单而薄；内唇较厚，基部形成一不发达的结节。脐孔为滑层所掩盖，略呈凹陷。厣石灰质，半球形，较厚，外凸内平，外面呈白色间有灰绿色彩，内面呈棕褐色，核近中央。

分布与习性　东炮台、崆峒岛、养马岛等岩岸可采到。生活在潮间带中区的岩石下或岩缝中，有群集性，退潮后极易采集。

经济意义　肉可供食用。

图 3-38　朝鲜花冠小月螺

12. 短滨螺 *Littorina brevicula*（图 3-39）

分类地位　腹足纲 Gastropoda；前鳃亚纲 Prosobranchia；中腹足目 Mesogastropoda；滨螺科 Littorinidae。

形态特征　贝壳小，球形，壳质较坚厚。壳高 11 ~ 23mm、宽 10 ~ 19mm。螺层约 6 层，缝合线细且明显。壳顶尖小，螺旋部短小，体螺层膨大。壳表面生长线细密，具有粗、细、距离不均匀的螺肋，肋间还有数目不等的细肋纹。螺旋肋在体螺层者较明显，其中 3 ~ 4 条较粗。螺层中部扩张，形成一较显著的肩部。壳表面呈黄绿色，杂有褐色、白色和黄色斑纹。壳顶为紫褐色。

壳内面褐色，有光泽。壳口为圆形，具有一缺刻状的后沟。外唇有一褐色和白色相间的镶边，唇厚而宽大。无脐。厣角质，褐色，核近中央靠右侧。

分布与习性 东炮台、金沟寨、烟台山、夹河口、崆峒岛、养马岛等岩岸均能采到，是我国沿海习见种类之一，数量很大。生活在高潮线附近的岩石上，常密集成群。它还可用肺室呼吸，有半陆生和半水生性质。其空壳往往多为小型寄居蟹栖息。

经济意义 肉可食，个体虽小，但有食者，集市上售者常以容器（如小碗）计价。

图 3-39 短滨螺

13. 珠带拟蟹守螺 *Cerithidea cingulata*（图 3-40）

分类地位 腹足纲 Gastropoda；前鳃亚纲 Prosobranchia；中腹足目 Mesogastropoda；汇螺科 Potamididae。

形态特征 螺壳呈长锥形，通常高 30mm、宽 11mm，壳质结实，螺层约 15 层，缝合线呈浅沟状，其中有 1 条细而明显的螺肋。壳顶尖，常被腐蚀，螺层高度与宽度增长均匀。螺旋部高塔形，体螺层短。壳顶 1～2 层光滑，其余螺层具有 3 条串珠状的螺肋。在体螺层的螺肋较多，约 10 条，但仅在缝合线下面的 1 条螺肋呈串珠状，其余则平滑，体螺层腹面的左侧常有一发达的纵肿脉。壳表面黄褐色，在每一螺层中部或上部有 1 条紫褐色螺带。壳口近卵圆形，内面具有与壳面螺旋沟纹相应的紫褐色条纹，外唇稍厚，边缘较扩张。内唇上部薄，下部稍厚。前沟呈缺刻状。厣角质，黄褐色，圆形，多旋，核位于中央。

分布与习性 养马岛等泥沙滩可采到，为我国沿岸习见种。生活在潮间带中区及下区带泥质海滩上。

经济意义　肉可食，沿海居民将贝壳顶尖除掉后用口吸食之，集市上时有出售。

图 3-40　珠带拟蟹守螺

14. 中华拟蟹守螺 *Cerithidea sinensis*（图 3-41）

分类地位　腹足纲 Gastropoda；前鳃亚纲 Prosobranchia；中腹足目 Mesogastropoda；汇螺科 Potamididae。

形态特征　贝壳长锥形，壳质薄，结实。大者高 30mm、宽 12mm。螺层约 12 层，老的个体壳顶常被腐蚀而残缺，通常仅留约 8 层。螺层的高、宽增长均匀缓慢。缝合线较深。螺层微膨圆，螺旋部高，体螺层短。螺壳的高度约为壳宽的 3.5 倍。壳面生长纹细密，呈丝状线纹。壳顶光滑，其余螺层具有微呈波状而光滑的纵肋，纵肋在体螺层上往往较弱或消失。在幼壳壳顶数层并有 2 条细的螺肋，贝壳基部具有较弱的螺旋纹。壳表面为淡黄色，并具有紫褐色螺带，螺带在体螺层上有 3 条。壳口卵圆形，内面灰棕色，外唇薄，常破损；内唇稍厚，略直。前沟微凸出。厣角质，黄褐色，圆形，多旋，核位于中央。

分布与习性　夹河口、养马岛等泥沙滩可采到，是黄渤海沿岸习见种。生活在潮间带高潮区河口附近，或有淡水流入的泥或泥沙滩上。

经济意义　肉可食，吃法同前种。

图 3-41 中华拟蟹守螺

15. 红树拟蟹守螺 *Cerithidea rhizophorarum* （图 3-42）

分类地位 腹足纲 Gastropoda；前鳃亚纲 Prosobranchia；中腹足目 Mesogastropoda；汇螺科 Potamididae。

形态特征 螺壳长锥形，壳高 31mm、宽 13.5mm，壳质较薄，结实，壳顶常被腐蚀而不存在，所留螺层常为 7 ~ 8 层。各螺层稍膨胀，其高度与宽度增长均匀，缝合线明显。螺旋部高，体螺层短。壳面具有发达的纵肋和较细的螺肋，二者互相交叉处形成颗粒状突起。在每一螺层缝合线的下面有一条较发达的珠状螺肋。纵肋在体螺层上通常较弱或消失，体螺层的左侧常出现纵肿脉。壳面颜色有变化，通常为黄白色，有一条紫褐色螺带，螺带在壳上部有时不明显，在体螺层偶尔出现2条螺带。螺壳基部具有细的螺旋沟纹。壳口近圆形，内面隐现出紫褐色螺带，外唇薄，周缘多少有些反折，下部微向前凸出，内唇薄，稍扩张。前沟浅，呈窦状。厣同前种。

图 3-42 红树拟蟹守螺

分布与习性 夹河口、养马岛等泥沙滩可采到，为我国沿岸广分布种。生活在潮间带的上区，有淡水流入附近的泥和泥沙滩上。在南方沿海常喜栖息于有红树林的环境中。

经济意义　肉可食，吃法同前种。

16. 古氏滩栖螺 *Batillaria cumingi*（图 3-43）

分类地位　腹足纲 Gastropoda；前鳃亚纲 Prosobranchia；中腹足目 Mesogastropoda；汇螺科 Potamididae。

形态特征　贝壳呈长锥形，壳高 22～30mm、宽 8～10mm，壳质坚实。螺层约 10～12 层，下部各螺层缝合线明显，但在壳顶数层模糊不清。壳顶部常被磨损。螺旋部高，各螺层宽度增长均匀。体螺层较小，微向腹方弯曲。螺层表面有低小的螺旋肋多条，两肋间呈细沟状，壳顶的螺肋不明显。纵肋较宽粗，位于贝壳上部各螺层者稍发达。生长线不很发达。壳表面为青灰色、棕褐色或黄褐色，并具白色条纹或斑点；每一螺层下部，缝合线上方的螺旋形白色带有时不明显。壳口卵圆形，上、下端尖，内面有褐色、白色相间的条纹，外唇薄，内唇轻度扭曲成"S"形。前沟短，呈缺刻状。厣同前种。

分布与习性　崆峒岛、养马岛等处都可采到，为我国沿岸习见种，数量较大。生活在潮间带高、中潮区，常喜云集，对海水盐度要求较低。

经济意义　肉可食，吃法同前种。其壳可做工艺品，如做成鸡和小刺猬等，形态甚是逼真。

图 3-43　古氏滩栖螺

17. 宽带薄梯螺 *Papyriscala latifasciata*（图 3-44）

分类地位　腹足纲 Gastropoda；前鳃亚纲 Prosobranchia；异腹足目 Heterogastropoda；梯螺科 Epitoniidae。

形态特征　贝壳小，壳高 14mm、宽 8mm，呈圆锥形，壳质薄脆。螺层约 8 层。缝合线深，螺层膨圆，壳顶尖细，常破损。螺旋部呈圆锥形，螺层的宽度增长较均匀，至体螺层突然扩张、膨大。壳顶光滑，其余各层壳面具有细的片状纵肋，肋间的距离不均匀，纵肋在体螺层约 21 条，生长纹明显。壳表面黄白色，具有较宽的褐色螺带，螺带在体螺层有 3 条。壳口卵圆形，完整。脐孔深，部分被内唇遮盖。厣角质，褐色，核位于中部内侧。

分布与习性　东炮台、养马岛等可采到，较少见。生活在浅海约 15m 水深的海底，潮间带偶尔可采到。

经济意义　肉可食，经济意义不大。

图 3-44　宽带薄梯螺

18. 灰黄镰玉螺 *Lunatia gilva*（图3-45）

分类地位　腹足纲 Gastropoda；前鳃亚纲 Prosobranchia；中腹足目 Mesogastropoda；玉螺科 Naticidae。

形态特征　别名福氏玉螺 *Natica fortunei*。贝壳卵圆形，壳质薄而坚，贝壳大者壳高可达42mm、宽34mm。螺层约7层，缝合线明显。螺层高与宽增长较快，壳面膨凸，螺旋部呈圆锥状，壳顶尖，体螺层膨大。壳表面光滑无肋，生长线细密，有时在体螺层形成纵的褶皱。壳面呈黄褐色或灰黄色（幼壳色浅），螺旋部多呈淡青灰色，愈向壳顶颜色愈浓。壳口卵圆形，内面灰紫色。外唇薄，内唇上部厚，接近脐的部分形成一结节状胼胝，向脐孔内延伸，脐孔深。厣角质，栗色，生长纹明显，核位于基部的内侧。

分布与习性　养马岛等泥沙滩可采到，在黄渤海广泛分布。这种玉螺适应性较强，通常在软泥质的海底生活，但在沙及泥沙质的海滩也有其踪迹。多生活在潮间带的浅海海滩，在夏、秋间产卵，为肉食性动物，常以其他贝类为食，故对海涂养殖贝类有害。

经济意义　肉味鲜美，在浙江省有"香螺"之称，其肉除鲜食外，尚加工制成罐头等运销外地。

图3-45　灰黄镰玉螺

19. 扁玉螺 *Neverita didyma*（图3-46）

分类地位　腹足纲 Gastropoda；前鳃亚纲 Prosobranchia；中腹足目 Mesogastropoda；玉螺科 Naticidae。

形态特征　贝壳略呈半球形，背腹扁而宽，宽与高近等，通常为35～64mm。螺层约5层，缝合线浅。螺旋部低平，壳顶端两层增长缓慢，以下数层宽度增长较快，体螺层宽度则骤然加大。壳面光滑无肋，生长纹明显，有时形成皱褶。壳面呈淡黄褐色，壳顶深灰色，在每层缝合线下方有一紫褐色色带。贝壳基部白色，与上部形成一明显、整齐的界限。壳口大，卵圆形。外唇简单，边缘薄；内唇上部贴在体螺层上，中部形成双瓣形紫褐色胼胝。脐孔大而深。厣角质，黄褐色，半透明，核位于靠内唇边缘的基部。

分布与习性　夹河口、养马岛等沙或泥沙岸可采到，为我国沿海习见的种类。生活在沙质的浅海，从潮间带到水深 50m 的海底都有栖息，通常在低潮区至 10m 左右深处生活。在沙滩上，以发达的足在沙面爬行，爬过处留下一道浅沟。能潜入沙内 7～8cm 处，捕食中国蛤蜊或其他贝类。在海滨采到的一些贝壳上面有圆孔，即为玉螺腐蚀形成，是贝类养殖业的敌害。7～9 月产卵，产卵时产卵个体用黏液将卵与泥沙粘起来，逐渐形成围在产卵个体周围的领状卵群，退潮后在海滩上可发现大量卵群。

经济意义　肉味美可食，海产集市上常有出售。壳为贝雕工艺的原料。

图 3-46　扁玉螺

20. 广大扁玉螺 *Neverita ampla*（图 3-47）

分类地位　腹足纲 Gastropoda；前鳃亚纲 Prosobranchia；中腹足目 Mesogastropoda；玉螺科 Naticidae。

形态特征　贝壳略近球形而稍斜，壳高 40mm，螺层约 6 层，顶部数层宽度增长缓慢，自次体层宽度增长较快，体螺层特别扩大。壳表面平滑无肋，生长纹明显。壳面呈淡黄褐色至淡褐色，壳顶部分为灰色，在螺层上有一界限不清楚的淡黄色螺带，基部白色。壳口大，外唇完整，边缘薄。内唇上部滑层厚，在脐孔处形成胼胝结节，其中央具一沟，脐孔部分被堵塞，胼胝通常呈白色。脐孔大而深，其内具一较弱的半环状肋。厣角质，黄褐色，半透明，核位于靠内唇边缘的基部。

分布与习性　夹河口、养马岛等低潮区沙或泥沙岸可采到，在黄渤海习见。通常生活在潮下带水深 8~79 m 软泥及泥沙质的海底，偶尔在潮间带低潮区可以采到。

经济意义　肉味美可食，海产集市上常有出售。壳为贝雕工艺的原料。

图 3-47　广大扁玉螺

21. 拟紫口玉螺 *Natica janthostomoides*（图 3-48）

分类地位　腹足纲 Gastropoda；前鳃亚纲 Prosobranchia；中腹足目 Mesogastropoda；玉螺科 Naticidae。

形态特征　壳近球形，高 28 ~ 45mm、宽 24 ~ 40mm，壳质坚厚。螺层约 6 层，自上而下急剧增宽，缝合线清楚但不深。每层壳表面凸出，体螺层极膨大。壳表面光滑无肋，生长线极明显，在体螺层常形成强大的纵褶。壳面呈淡灰紫色，外被黄褐色壳皮，在体螺层上具有 3 条灰白色色带，螺带在幼体大都较明显。壳口半圆形，内白色，深处为淡紫色，外唇薄，内唇稍厚。脐深大，部分被内唇中部的结节填塞，在幼体标本中，脐孔多被这个结节塞满不留空隙。厣石灰质，半圆形，平滑，白色，其外缘具两条肋，核位于内侧下端。

分布与习性　夹河口、养马岛等低潮区沙岸偶尔可采到。生活于潮下带沙或泥沙质的海底，曾在黄海 78m 水深处拖网采集到活标本。

经济意义　肉可供食用。

图 3-48　拟紫口玉螺

22. 脉红螺 *Rapana venosa*（图 3-49）

分类地位　腹足纲 Gastropoda；前鳃亚纲 Prosobranchia；新腹足目 Neogastropoda；骨螺科 Muricidae。

形态特征　贝壳大，通常壳高 60～140mm、宽 40～95mm，略呈梨形，壳质坚厚。螺层约 7 层，缝合线浅，螺旋部小，体螺层膨大，基部收窄。壳表面粗糙，密生较低平的螺肋和结节。各螺层中部和体螺层上部有一条螺肋向外突出形成肩角。在体螺层肩角下部还有具角状结节的 3、4 条略粗的肋，第一条最强，向下逐渐减弱或不显。壳表面黄褐色，具棕褐色斑带。壳内面杏红色，有光泽，幼壳内面为白色褶纹与红棕色彩带相间排列。壳口大，前沟短宽，后沟不显著。外唇厚，边缘具有与壳的粗肋相当的缺刻，内缘具强的褶襞。内唇上部薄，贴附在体螺层上，下部厚，向外卷，与体螺层基部的螺肋共同形成假脐。厣角质，厚而坚固，棕红色，生长纹明显，核位于外侧。

分布与习性　东炮台、烟台山、崆峒岛、养马岛等岩岸可采到，黄渤海广泛分布，产量较大。栖息环境从潮间带至水深约 20m 岩石岸及泥沙质的海底都有，从潮间带采到的多为幼体，成体栖息较深。肉食性，能钻入泥沙中，捕获双壳贝类，如蛤仔、文蛤等，是贝类养殖业的敌害。6～8 月产卵，卵包于革质鞘内，鞘狭长，多个相连，附着在岩石或其他物体上，形似菊花瓣，俗称海菊花。每一个体产卵鞘数百枚，每一卵鞘又含很多卵，产卵数量极大。

经济意义　肉肥大可食，味鲜美，营养丰富，除鲜食外还可加工成罐头。壳为贝雕工艺的原料。壳、厣及内脏可入药，是北方沿海重要的经济贝类。

图 3-49　脉红螺

23. 疣荔枝螺 *Thais clavigera*（图 3-50）

分类地位　腹足纲 Gastropoda；前鳃亚纲 Prosobranchia；新腹足目 Neogastropoda；骨螺科 Muricidae。

形态特征　贝壳略呈纺锤形，壳高 25 ～ 38mm、宽 14 ～ 24mm，壳质坚厚。螺层约 6 层，自壳顶至基部螺层宽度增加迅速，缝合线不明显。螺旋部约为壳高的 1/3。壳顶光滑。螺旋部每一螺层中部有一列明显的螺旋形疣肋，有时在接近缝合线处还有一列不很明显的颗粒突起。体螺层上有 4 列疣肋，上面 2 列最粗壮，每列常有 11 个疣状突起。整个壳面还密布较细的螺肋和不太清晰的细密生长线。壳表面灰白色或黄褐色，突起为黑色；壳内面淡黄色。壳口卵圆形，前沟短而张开，后沟呈缺刻状。外唇边缘薄，向内增厚，其内侧为黑紫色，有与壳表面相当的 5 条肋纹。内唇光滑，具有发达的胼胝，淡黄色。厣角质，褐色，卵圆形，生长纹明显，核位于靠外唇的边缘。

分布与习性　东炮台、烟台山、崆峒岛、芝罘岛、养马岛等岩岸均能采到，为黄渤海习见种。生活在潮间带中、下区有岩礁的地方，也可附着在牡蛎壳内，常数十个或成百个集在一起。7 ～ 8 月产卵，卵鞘附着在岩石上，每个卵鞘内含很多卵子，初产的卵鞘呈鲜黄色，后逐渐变为紫色。肉食性，喜钻孔侵食其他贝类，是贝类养殖的敌害。

经济意义　肉可供食用，但有辣味，故有"辣螺"之称。壳可入药，治疗皮肤病；肉可治胆囊炎，并有降血压功效。

图 3-50　疣荔枝螺

24. 钝角口螺 *Ceratostoma fournieri*（图 3-51）

分类地位　腹足纲 Gastropoda；前鳃亚纲 Prosobranchia；新腹足目 Neogastropoda；骨螺科 Muricidae。

形态特征　贝壳略呈菱形，大者高 89mm、宽 48mm，壳质坚厚。螺层约 9 层，缝合线明显。螺旋部短，体螺层大，前端收缩。壳顶光滑，其下的两层稍膨胀，具有细的螺肋和纵肋，其余螺层的壳面则有 3 条呈片状的纵肋。体螺层上的纵肋还具有花瓣状的缺刻，在纵肋之间多少隆起，形似弱的瘤状突起。体螺层自肩部以下常有明显或不明显的 8、9 条螺肋。壳表面灰白色或略带褐色。壳口小，卵圆形，内面呈淡褐色。内唇光滑。外唇厚，外缘具有凸出的齿，其中以基部倒数第二个齿特别发达，状如犬齿竖起。前沟延长，常呈一封闭的管，前端曲向背方。厣角质，褐色，核位于外侧边缘的下端。

图 3-51　钝角口螺

分布与习性　东炮台、烟台山、

崆峒岛、养马岛等岩岸可采到，为北方种。生活在潮间带低潮区附近至 20m 水深的岩石间或藻类丛生的地方。肉食性，是贝类养殖业的敌害。

经济意义　肉可食，但肉味不佳，很少食用。

25. 内饰角口螺 *Ceratostoma inornata*（图 3-52）

分类地位　腹足纲 Gastropoda；前鳃亚纲 Prosobranchia；新腹足目 Neogastropoda；骨螺科 Muricidae。

形态特征　曾名日本凫秣螺 *Ocenebra japonica*。贝壳近菱形，一般高 32mm、宽 19mm，壳坚厚、结实，缝合线明显。螺层约 7 层，螺层宽度增长迅速，形成台阶状的肩部。螺旋部小，体螺层膨大，前部收缩。壳顶的 1～2 层光滑，其余螺层表面具有排列不均匀的螺肋及片状的纵肋，纵肋的数目随着螺层宽度增加而减少，在体螺层通常为 5 条（多者可达 8 条），在次体层为 3 条，纵肋至肩部处常形成棘突。生长纹细密，呈细褶状。壳面粗糙，呈灰黄白色，在缝合线上面及体螺层中部通常有一条褐色的色带。壳口卵圆形，内面淡紫褐色，外唇显著增厚，内缘具粒状小齿。内唇光滑，略直。前沟呈一封闭的管状，前端微向背方弯曲。厣同前种。

分布与习性　东炮台、烟台山、崆峒岛、养马岛等岩岸均可采到，为黄渤海沿岸较习见的种类。生活在潮间带低潮区及稍深的岩石间。渔民用底拖网捕鱼时常采到。肉食性，在吻的腹面有穿孔腺，其分泌物能溶解牡蛎、贻贝等双壳贝类的贝壳，然后用齿舌刮食其肉，是贝类养殖业的敌害。

经济意义　肉可食。

图 3-52　内饰角口螺

26. 丽小笔螺 *Mitrella bella*（图 3-53）

分 类 地 位 腹足纲 Gastropoda；前鳃亚纲 Prosobranchia；新 腹 足 目 Neogastropoda；牙螺科 Columbellidae。

形态特征 也称马氏核螺 *Pyrene martensi*。贝壳小，壳高 17 ~ 22mm、宽 7 ~ 8mm，呈纺锤形，壳质结实，表面光滑。螺层约 9 层，缝合线细而明显。螺旋部较高，明显超过壳高的 1/2。各螺层的宽度由壳顶至基部逐渐增大。壳顶常磨损。光滑的壳面被有薄的黄色壳皮，体螺层基部有数条清晰的螺线。壳表面有棕褐色纵走火焰状的花纹，通常花纹上部粗而少，下部细而多，花纹有变化。壳内面为白色，有光泽。壳口小，长卵圆形。外唇厚，内侧有一行小齿，一般为 5 个，前后 2 个较大。内唇稍厚，其上有 2 个不明显的齿状突起。前沟短，呈缺刻状。厣角质，黄褐色，长卵圆形，生长纹清晰，核位于内侧。

分布与习性 东炮台、烟台山、崆峒岛、养马岛等岩岸均可采到，为黄渤海沿岸习见种。生活在潮间带岩石下或有大型海藻的浅海泥沙底，退潮后多隐藏在碎石下面，常群聚在一起。肉食性，常以小的双壳类和甲壳类为食，并食海洋动物尸体。

经济意义 肉可食，但个体小，经济价值不大。

图 3-53 丽小笔螺

27. 香螺 *Neptunea arthritica cumingii*（图 3-54）

分 类 地 位 腹足纲 Gastropoda；前鳃亚纲 Prosobranchia；新 腹 足 目 Neogastropoda；蛾螺科 Buccinidae。

形态特征 贝壳较大，较大者高 134mm、宽 77mm，近菱形，结实。螺层约 7 层，缝合线明显。壳顶光滑，乳头状。螺旋部占壳高的 1/3 ~ 2/5。螺旋部螺层的中部和体螺层的上部扩张，形成肩角，肩角上具有结节或翘起的鳞片突起。整个壳面具有许多细而平的螺肋和螺纹。壳表面通常黄褐色，被有褐色薄的壳皮，有的个体具有细的白色色带。壳口大，内面灰白色或淡褐色。外唇弧形，简单，内唇扭曲。前沟短宽，前端稍曲。无脐。厣角质，梨形，少旋，核位于前端。

分布与习性　东炮台、崆峒岛、养马岛等岩岸可采到，为黄渤海沿岸较常见的种类。生活在潮下带，栖于数米至80余米水深泥质或岩石质的海底，渔民用底拖网捕鱼时常采到，潮间带很少发现。5、6月产卵，卵群呈玉米棒状，黏附在其他物体上。

经济意义　肉肥大，味美，供食用，有"香螺"之称，为优质食用贝类。其肉、贝壳和厣均可入药，功效同脉红螺。

图 3-54　香螺（甲醛固定标本拍照）

28. 皮氏涡琴螺 *Volutharpa ampullacea perryi*（图 3-55）

分类地位　腹足纲 Gastropoda；前鳃亚纲 Prosobranchia；新腹足目 Neogastropoda；蛾螺科 Buccinidae。

形态特征　贝壳卵圆形，壳高 43～59mm、宽 31～40mm，壳质薄脆，易破损。螺层约6层，缝合线细但明显。螺旋部短小，约为壳高的1/4，螺层的宽度和高度自壳顶向下迅速增长。壳顶尖，有时被磨损。体螺层极膨大。壳面具有纵横交叉的细线纹，线纹在次体螺层以下不明显。壳表面被黄褐色或黑褐色壳皮，壳皮表面具细密的纵列茸毛，易脱落。壳面平滑无肋，仅在体螺层基部、壳口内侧有一粗短的褶襞。壳内面为灰白色。壳口很大，略呈三角形。外唇薄，弧形。内唇较扩张，紧贴于体螺层上。前沟短，呈"V"形缺刻，具假脐。厣角质，卵圆形，很小，位于足的背部末端附近，核位近中央。

分布与习性　金沟寨、夹河口、养马岛等处可采到。生活在潮下带的泥沙质海底，潮间带很少发现。曾在水深 18 ～ 56.5m 软泥质的海底采到，甚至有人报道其生活水深可达 150m。

经济意义　肉可供食用。

图 3-55　皮氏涡琴螺

29. 纵肋织纹螺 *Nassarius variciferus*（图 3-56）

分类地位　腹足纲 Gastropoda；前鳃亚纲 Prosobranchia；新腹足目 Neogastropoda；织纹螺科 Nassariidae。

形态特征　贝壳呈锥形，壳高 23 ～ 29mm、宽 12 ～ 15mm，壳质坚厚。螺层约9层，缝合线较深，呈沟状，不整齐。壳顶尖锐。螺旋部高，各层壳面不膨胀，有显著的纵肋和微弱的螺纹，二者相交织成布纹。体螺层基部的数条螺纹显著较粗。通常在每一螺层上还有 1、2 条特别粗大的纵肋。壳表面黄白色，杂有 1、2 条棕色带纹。壳内面淡黄色或白色。壳口卵圆形。外唇薄，边缘有细的齿状缺刻，内缘常有 6 个齿状突起。内唇弧形，上部薄，下部稍厚，边缘常有突起。前沟短，稍深；后沟为一小缺刻。厣角质，卵圆形，

图 3-56　纵肋织纹螺

薄，黄褐色，有生长纹，核稍偏外缘。足长，水管也长。

分布与习性　金沟寨、崆峒岛、养马岛等处可采到，为我国沿岸习见的种类。生活于潮间带及潮下带的沙或泥沙质海底。潮水退后，细长的水管由前沟伸出，摇摆着在海滩上爬行，寻找动物尸体为食。常群聚在一起，一般不钻入泥沙内。

经济意义　肉可供食用，餐桌上俗称"海瓜子"。

30. 秀丽织纹螺 *Nassarius festivus* （图 3-57）

分类地位　腹足纲 Gastropoda；前鳃亚纲 Prosobranchia；新腹足目 Neogastropoda；织纹螺科 Nassariidae。

形态特征　贝壳锥形，壳高 17 ~ 22mm、宽 8 ~ 11mm，较纵肋织纹螺小，壳质坚厚。螺层约 9 层，缝合线明显。各螺层较膨圆，自上而下逐渐增宽，体螺层较大。壳顶光滑，其余螺层表面粗糙，有发达的斜行纵肋，在体螺层上有 9 ~ 12 条纵肋；壳面还有明显的螺肋，螺肋与纵肋交叉，形成粒状突起。壳表面黄褐色或黄色，具有褐色色带，在体螺层上有 2、3 条。壳内面黄色，有光泽，有时清晰地映出表面的褐色色带。壳口卵圆形，外唇薄，内缘有几个粒状齿。内唇上部薄，下部具有胼胝向外延伸盖住脐部。前沟短而深。厣角质，同上种。

分布与习性　养马岛、崆峒岛等泥沙岸均可采到，为我国沿岸习见的种类。生活在潮间带上、中区的泥或泥沙滩上，常聚集成群。肉食性，常以其他动物的腐烂尸体为食，故有"清道夫"之称。

经济意义　肉可食，但个体小，经济价值不大。

图 3-57　秀丽织纹螺

31. 金刚螺 *Sydaphera spengleriana*（图 3-58）

分 类 地 位 腹足纲 Gastropoda；前鳃亚纲 Prosobranchia；新腹足目 Neogastropoda；衲螺科 Cancellariidae。

形态特征 贝壳呈长卵圆形，壳高 60mm、宽 32mm，壳质坚实。螺层约 7 层，缝合线浅，呈波纹状。螺旋部圆锥形，体螺层膨大，前端收缩。壳顶尖，1～2 层光滑，其余壳面具有稍斜、稀疏的发达纵肋及细的螺肋，每一螺层的上部形成肩角，肩角与缝合线之间为一较宽的台阶，纵肋在肩角上成为短的角状棘。壳面粗糙，黄褐色，布有不均匀的紫褐色斑纹，体螺层中部有一条白色的螺带。壳口卵圆形，内面淡杏黄色，常印有褐色斑。外唇弧形，内缘具小齿，再内有细的肋纹。轴唇有三条肋状的褶襞，假脐部分被滑层遮盖，绷带发达。前沟短。无厣。

分布与习性 东炮台、养马岛等处可采到，为黄渤海沿海较习见的种类。生活在潮间带低潮区至 50 余米水深泥沙质海底。

经济意义 肉可供食用。

图 3-58　金刚螺

32. 黄裁判螺 *Inquisitor flavidula*（图 3-59）

分 类 地 位 腹足纲 Gastropoda；前鳃亚纲 Prosobranchia；新腹足目 Neogastropoda；塔螺科 Turridae。

形态特征 也称黄短口螺。贝壳呈尖塔形，高 52mm、宽 17 mm。螺层约

14 层，缝合线明显，具弱的肩角。螺旋部尖塔形，体螺层中部膨圆，前部收窄。壳顶部的 1～2 层光滑，第 3 层开始具有纵肋，其余螺层纵肋明显并具细的螺肋。纵肋在体螺层约 13 条，但在肩部以下常变弱或不明显；螺肋在肩部以下较明显，在次体层为 4～5 条，通常上面的两条明显。壳面呈黄白色，具有纵走的褐色细线纹及斑点。壳口长形，外唇缘弧形，接近前缘边缘向内凹入，接近后端具一呈"V"形的缺刻。内唇较厚，接近后端具一结节突起。前沟稍延长。厣角质，褐色，少旋，核在下端。

分布与习性　黄渤海较习见，在东海和南海也有分布。生活在潮下带水深约 9～35m 的浅海软泥及泥沙质海底，潮间带很少发现，养马岛等泥沙岸潮间带偶尔可采到。

经济意义　肉可供食用。

图 3-59　黄裁判螺

33. 黑纹斑捻螺 *Punctacteon yamamurae*（图 3-60）

分类地位　腹足纲 Gastropoda；后鳃亚纲 Opisthobranchia；头楯目

Cephalaspidea；捻螺科 Acteonidae。

形态特征 贝壳小，卵圆形，壳高 7mm、宽 4mm，壳质薄。体呈灰色，头楯略呈方形，后端分为两叶，片状。足宽，前侧隔角状。螺层约 6 层，各螺层稍膨胀，缝合线明显。螺旋部小，圆锥形。体螺层大，约占壳高的 3/4。壳面除壳顶光滑外，其他具有细的螺旋沟纹，沟纹在体螺层有 20 条，在次体螺层有 5 条，生长线明显。壳表面灰白色，具有 13～18 条纵走黑褐色条纹。壳内面白色。壳口大，约占壳高的 1/2，上部狭窄，底部宽圆。外唇薄，弯曲。内唇有狭而薄的石灰层，轴唇有 1 个褶齿，在它的上部中央有一浅沟，形似 2 个褶齿。厣革质，黄白色，很薄。

分布与习性 养马岛等处可采到，在黄海为习见种类。生活在潮间带泥沙底。在细沙质海滩上爬行时也会隐入浅的沙内，但其后留有爬行的沟痕可寻。5～6月交尾产卵，卵群呈螺旋状，盘绕 5～7 圈，有胶质柄固着在泥沙上。

经济意义 肉可食，但个体小，经济价值不大。

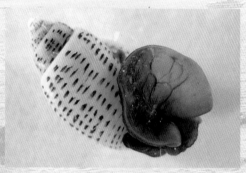

图 3-60　黑纹斑捻螺

34. 经氏壳蛞蝓 *Philine kinglipini*（图 3-61）

分类地位 腹足纲 Gastropoda；后鳃亚纲 Opisthobranchia；头楯目 Cephalaspidea；壳蛞蝓科 Philinidae。

形态特征 贝壳中小型，被软体部包被，壳高 19mm、宽 14mm，呈长卵圆形，白色，薄而脆，半透明，具光泽。螺层 2 层，螺旋部内卷入体螺层内，体螺层大，为贝壳之全长。壳表被有白色壳皮，表面有细的螺旋沟，生长线明显。壳口大，全长开口。唇薄。体呈乳白色，稍透明，背凸腹平，体长 40mm、宽 18mm。头楯大，为拖鞋状，口位于其前端偏腹面，其两侧为嗅觉器官。外套楯包被贝壳，后端分为两叶，伸出身体后方。足大，在腹面的前方，占体长的 2/3，前端尖，后端截平，其两侧向背方折成肥厚的侧足。

分布与习性　夹河口、崆峒岛等处可采到，在黄渤海为习见种类。生活在潮间带中、下区泥沙滩。5、6月产卵，卵群胶质，白色或黄色，呈长椭圆形，以胶质长柄固着在海滩上。它以小双壳类、多毛类和蠕虫类为食，是滩涂贝类养殖的敌害。

经济意义　肉可食。是底栖鱼类、虾类等的天然饵料。

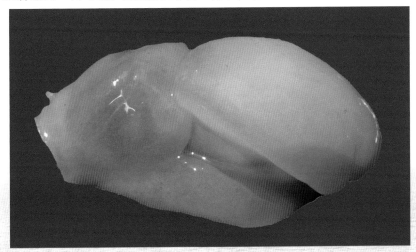

图 3-61　经氏壳蛞蝓

35. 蓝无壳侧鳃 *Pleurobranchaea novaezealandiae*（图 3-62）

分类地位　腹足纲 Gastropoda；后鳃亚纲 Opisthobranchia；背楯目 Notoaspidea；侧鳃科 Pleurobranchidae。

形态特征　体长圆形，长 35～52mm、宽 25～30mm。体肥厚，背部凸起，表面有不规则的乳突。无贝壳。头幕大，呈扇形，前缘有许多小突起，两侧向前各伸出一尖角。嗅角一对，圆锥形，位于头幕基部的两侧，外侧有裂沟。体背面褐黄色，并有紫色网纹，其2/3为外套膜所覆盖。足宽大，紫褐色，前端圆，后端尖，具三角形足腺。鳃栉状，灰黄色，位于身体的右侧，长度约为体长的1/3，鳃轴两侧各有 22～30 个鳃叶。颚呈片状，浅黄色。齿舌大，无中央齿，侧齿数目很多。

分布与习性　夹河口、养马岛等处可采到，在黄渤海为习见种类。生活于潮间带岩石、泥沙滩到水深 90m 的泥沙质海底。肉食性，喜以双壳类为食，是滩涂养殖贝类的敌害。春季产卵，卵群为白色螺旋带状，外被胶质厚鞘，鞘下缘变为一胶质膜，用以固着卵群。

经济意义　肉可食，但数量少，经济价值不大。

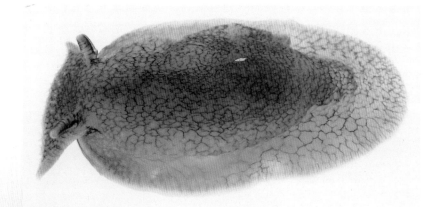

图 3-62　蓝无壳侧鳃

36. 石磺海牛 *Homoiodoris japonica*（图 3-63）

分类地位　腹足纲 Gastropoda；后鳃亚纲 Opisthobranchia；裸鳃目 Nudibranchia；石磺海牛科 Homoiodorididae。

形态特征　体呈椭圆形，长 20 ~ 33mm、宽 12 ~ 20mm、高 6 ~ 12mm。

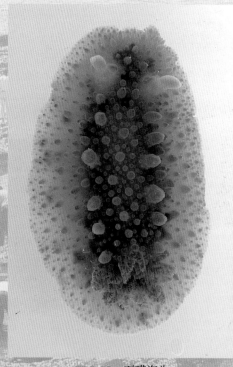

腹面扁平，腹足椭圆形，宽大，口在腹面前方，位于一吻突上。背面隆起，表面有许多大小不等的球状突起，散布在中部的较大，形似一个石磺。近前端两侧有 1 对指状嗅角，嗅角能缩入其基部的袋状囊中。近后端中线上有 1 个肛门，肛门周围有 6 个羽状的鳃，鳃也能缩入体内，鳃叶黄白色，鳃脉黄褐色。体色背面黄褐，稍带绿色，有时杂以黑色斑点；腹面色浅。

分布与习性　东炮台、崆峒岛、养马岛等处可采到，在黄渤海为习见种类。生活于潮间带到潮下带浅水区礁石或砾石间，在海藻丛生处尤多，在石块上匍匐爬行。

经济意义　肉可食，但数量少，经济价值不大。

图 3-63　石磺海牛

37. 赤拟蓑海牛 *Aeolidiella takanosimensis*（图 3-64）

分类地位　腹足纲 Gastropoda；后鳃亚纲 Opisthobranchia；裸鳃目 Nudibranchia；马蹄鳃科 Cuthonidae。

形态特征　动物中小型，体呈细长形，体长 28 ~ 30mm。鳃突起呈纺锤形，于体背侧斜向排列成 25 ~ 28 鳃列，每鳃列数目不等，最大鳃列有 6 ~ 7 个鳃突起。生殖孔位于体右侧第一鳃列中央的直下方，肛门位于同侧第二鳃列的中央。肾孔在肛门的直前方。口触手细长形。嗅角简单，平滑呈指状。足稍狭，前侧隅呈尖角状，后端形成长尾。体淡黄白色，头部、背部有 2 条橙色线自头触手延伸到嗅角基部。在背中部和围绕围心囊区有白色的粗糙圆环，向前扩展到嗅角基部后面。口触手、嗅角褐色，基部橙色，末端白色，鳃脉橙色或褐色，下面有白色环带。齿式为：16×0·1·0。中央齿弯曲，呈弧状，中央齿尖两侧有24 ~ 34 颗栉状小齿。

分布与习性　东炮台、崆峒岛、养马岛等岩岸可采到。生活于潮间带礁石和海藻间。

经济意义　个体小，经济价值不大。

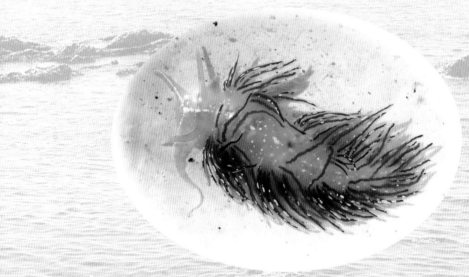

图 3-64　赤拟蓑海牛

38. 日本菊花螺 *Siphonaria japonica*（图 3-65）

分类地位　腹足纲 Gastropoda；肺螺亚纲 Pulmonata；基眼目 Basommatophora；菊花螺科 Siphonariidae。

形态特征 贝壳笠状，壳长 11 ～ 19mm、宽 8 ～ 14mm、高 5 ～ 9mm，壳较高并有变化，边缘轮廓呈卵圆形，壳薄，易碎。壳顶位于近中央稍靠后方，壳顶尖，倾向后方，壳顶有的偏向左侧。贝壳表面比较粗糙，自壳顶向四周放射出许多带有皱纹的放射肋，并具细的间肋，在贝壳右侧有 1 ～ 2 条并列放射肋较隆起。壳表面具有黄色的薄壳皮，在壳顶的周围常呈黑灰色。壳的周缘常参差不齐。壳内面周缘呈淡褐色，肌痕常呈黑褐色，并有与壳表面放射肋相应的放射沟。右侧水管出入的凹沟较发达，并延伸入肌痕处。

分布与习性 东炮台、夹河口、金沟寨、崆峒岛、养马岛等岩岸均可采到，为我国沿岸习见的种类。此种在高、中潮区岩石表面营附着生活，潮水退后很少隐藏，能忍受较长时间的干旱，不致涸死。此种的形状很似帽贝和笠贝，但它们之间除固有的特征不同外，在岩石上的吸附力也不像帽贝和笠贝那样牢固而易采，且贝壳易破损，故易与帽贝和笠贝区分。

经济意义 个体小，经济价值不大。

图 3-65　日本菊花螺

39. 毛蚶 *Scapharca subcrenata*（图 3-66）

分类地位 双壳纲 Bivalvia；蚶目 Arcoida；蚶科 Arcidae。

形态特征 贝壳中等大，近卵形，膨胀，较厚，两壳大小不等，右壳稍小。壳长 44mm、高 37mm、宽 32mm。壳顶位于背部靠前方，尖顶向内卷曲。两壳顶的距离不甚远，韧带面短，呈披针状，上面具一层黑褐色角质壳皮，中部向内凹成一纵沟。贝壳的前端和腹面的边缘均圆，后端边缘由背部向后方倾斜。贝壳表面中、上部膨胀，至前后端边缘压缩，具有 31 ～ 34 条发达的放射肋。放射肋自顶端至壳缘由弱变强，肋间的距离约与肋的宽度相等，放射肋上面常具粒状的结节。壳表被有棕色、带有绒毛的壳皮。壳内面白色，边缘有与壳面放射肋相当的突起。铰合部直，一列齿约 50 枚，两端大而稀，中间小而密。外套痕明显，前闭壳肌痕小，近马蹄形；后闭壳肌痕稍大，呈方圆形。

分布与习性　夹河口、养马岛等泥沙岸可采到。生活在低潮线至水深几十米的浅海底，在水深 55m 的软泥和泥沙质底也曾采获，以 10 ~ 20m 深的浅海区为多。7 ~ 9 月产卵，幼贝在海藻上生活。

经济意义　肉可鲜食、干制和加工成罐头，产量大，经济价值较高，是我国北方主要经济贝类之一，已开展人工增养殖。其壳及肉均可入药，有补血、温中、健胃之功效。

图 3-66　毛蚶（甲醛固定标本拍照）

40. 魁蚶 *Scapharca broughtonii*（图 3-67）

分类地位　双壳纲 Bivalvia；蚶目 Arcoida；蚶科 Arcidae。

形态特征　贝壳大，近斜卵形，壳厚，两壳略不等，左壳稍大于右壳。壳长 86mm、高 69mm、宽 60mm。壳顶位于偏前方，向内卷曲，两壳顶间的距离较远。韧带呈梭状，被有较厚的褐色角质皮。壳面膨凸，背部边缘直，前缘及腹缘圆，后端边缘自背部向后方倾斜。壳表面具有 42 ~ 48 条发达的放射肋，通常以 43 条肋者较多，肋上无明显的结节突起。壳面被有棕色壳皮，肋间隙中有短而稀疏的毛状物，壳皮脱落后，壳面为灰白色。壳内面白色，边缘具有与壳面放射肋相当的锯齿状突出。铰合部直，有一列细齿，约 70 枚。外套肌痕明显，前闭壳肌痕较小，近圆形；后闭壳肌痕较大，近方形。

分布与习性　夹河口、崆峒岛、养马岛等泥沙岸可采到。生活在潮下带 5m 至数十米水深的泥质或泥沙质海底，其中水深 20 ~ 30m 的浅海区较多。潮间带偶可采到，退潮后在泥沙面上有 2 个似向日葵种子形的孔，长约 1cm，尖端相对。

繁殖季节为 6 ~ 10 月，繁殖盛期为 7 ~ 8 月。

经济意义 个体大，为蚶科中最大者，生长快，肉味鲜美，并富含蛋白质和多种维生素，俗称赤贝，具有很高的经济价值，是我国出口创汇较高的水产品之一，现已开展大规模人工养殖。此外，肉、壳均有药用价值，功效同毛蚶。

图 3-67　魁蚶（甲醛固定标本拍照）

41. 布氏蚶 *Arca boucardi*（图 3-68）

分类地位 双壳纲 Bivalvia；蚶目 Arcoida；蚶科 Arcidae。

形态特征 贝壳坚厚，左右相等，两壳合在一起形似牛蹄，俗称牛蹄蛤。壳长 25 ~ 61mm、高 15 ~ 30mm、宽 17 ~ 34mm。壳中部极膨胀，至腹缘急剧收缩。贝壳前端短圆，后端延伸，末端斜截状，壳顶斜向后腹缘有 1 条较尖锐的龙骨状突起，腹缘近中部稍凹，为足丝裂孔。壳顶突出，略向内卷曲，左右两壳顶相距甚远，其距离约为壳宽的 2/5。韧带面极宽大，略凹，菱形，具角质棕色外皮并有菱形刻纹。壳表面放射肋较细密，约 50 余条。生长线明显，至腹面形成褶襞状。贝壳表面白色，具有棕色壳皮及绒毛，壳皮极易脱落。壳内面为白色或淡紫色，边缘较厚，具锯齿状突起。铰合部直而长，占壳长的 4/5 以上，铰合齿约 50 枚。外套痕明显，前闭壳肌痕略小，后闭壳肌痕略大，呈卵圆形。

分布与习性 东炮台、烟台山、崆峒岛、养马岛等岩岸均可采到，为我国北方沿海习见种。生活在潮间带至数十米水深的浅海区，以足丝附着于它物上。在潮间带采集时，多见以足丝固着在岩礁或小石块上，沿岸水流较急处较多。在水深 20 ~ 68m 的泥沙碎壳、碎石、石砾等底质的浅海区数量较多。

经济意义 肉味鲜美，可供食用。

图 3-68　布氏蚶

42. 贻贝 *Mytilus edulis*（图 3-69）

分类地位　双壳纲 Bivalvia；贻贝目 Mytiloida；贻贝科 Mytilidae。

形态特征　贝壳楔形，壳质薄，一般壳长 78mm、高 44mm、宽 31mm。壳顶位于壳的最前端。腹缘平直，足丝伸出处略凹，足丝孔狭长。背缘呈弧形，后缘圆。铰合部窄长，约为壳长的 1/2，铰合齿位于壳顶内侧，乳头状，2～5枚或稍多。韧带褐色，与铰合部等长。壳表面黑紫色，光滑，具光泽，腹缘处常呈褐色。生长线细密而明显。壳皮易脱落，故常呈淡紫色。壳内面灰白色或淡紫色，一般近壳缘处色较深，有珍珠光泽。壳缘光滑，具有外表壳皮卷入的角质狭缘。外套痕及闭壳肌痕明显，前闭壳肌痕小，半月形，位于壳顶内侧的腹面；后闭壳肌痕大，卵圆形，与前方的缩足肌痕相连。外套膜薄，但外套边缘膜较厚。足丝细丝状，发达，呈淡黄褐色。

分布与习性　东炮台、夹河口、崆峒岛、养马岛岩岸均可采到，分布广泛。生活在潮间带中、下区及数米深的浅海，水深 0.7～2m 间生长密度较大。以足丝固着在岩石及其他物体上。常喜群居，大量附着在船底、浮标等设施上，可造成一定的危害。生长速度较快，1 年平均壳长可达 60mm 以上。食物主要是浮游硅藻、原生动物及有机碎屑等。雌雄异体，雌性性腺为橘红色，雄性性腺为乳白色，卵子排到海水中受精和发育。幼虫变态附着后一般不再移动，只在条件不利时才有短距离的爬行。

经济意义 肉味鲜美，营养价值高，俗称海红，除鲜食外还可干制、冷冻、做贻贝油及罐头，肉干制品称淡菜，为著名的海产珍品。早已开展大规模人工养殖，因产量较高，也常作为其他海珍品养殖用的饲料。肉亦可入中药。其贝壳也是贝雕工艺的原料。

图 3-69　贻贝

43. 偏顶蛤 *Modiolus modiolus*（图 3-70）

分类地位 双壳纲 Bivalvia；贻贝目 Mytiloida；贻贝科 Mytilidae。

形态特征 贝壳较大，略呈长椭圆形，较坚硬。贝壳大者长 100mm、高 52mm、宽 41mm。壳高略大于壳宽，壳长约为壳高的 2 倍。壳顶凸圆，近壳前端，但不位于贝壳的最前端。壳面有明显的隆起肋，呈褐色或棕褐色，多具光泽。壳表面被有淡黄褐色壳，壳皮外被有细长的黄毛，黄毛光滑不分叉，老的个体黄毛多易脱落，壳顶外皮有时被磨损，因而呈白色。贝壳内面多呈浅灰蓝色，有时略带淡紫色。铰合部无齿，韧带褐色、较粗长。外套痕明显，闭壳肌痕不明显，前闭壳肌痕很小呈弯月形，后闭壳肌痕大呈圆形。足丝孔大，开口于腹缘凹部，足丝细，淡黄色。

分布与习性 夹河口、养马岛等泥沙岸可采到。生活于低潮线附近至水深 50m 左右的浅海区泥沙质的海底，以足丝附着在砂粒上，或相互附着成群。由于壳面生有丛密的黄毛，故常为多毛类、小甲壳类及腔肠动物等的栖息地。

经济意义 和贻贝一样，肉味鲜美，营养丰富，除鲜食外，也可干制和做罐头等。我国北部沿海蕴藏量大，是一种较为重要的捕捞对象。其贝壳可做附着基或烧石灰。较大的个体也能产生小珍珠，可以入药。

图 3-70 偏顶蛤

44. 黑荞麦蛤 *Vignadula atrata*（图 3-71）

分类地位 双壳纲 Bivalvia；贻贝目 Mytiloida；贻贝科 Mytilidae。

形态特征 贝壳小，壳质坚厚，略呈三角形，壳长 12～15mm、高 7～9mm、宽 5～6mm。壳顶较凸，近前方，但不位于最前端。壳前端圆，腹缘略弯，背缘呈弧形，后缘圆形。壳面的前半部具有明显的龙骨突起，生长线细密，较明显。壳表呈黑色或黑褐色，光滑，略具光泽，老的个体壳皮常脱落而呈灰白色。铰合部无齿，韧带细长，呈深褐色，位于壳顶后方背缘，前半部常被壳皮遮盖，后半部裸露。壳内面紫灰色，稍具珍珠光泽。外套痕不明显，前闭壳肌痕小，长形，位壳顶下方；后闭壳肌痕大，卵圆形，位于后端背缘。壳腹缘中部略向内凹，两壳间形成一狭长的足丝孔，足丝细软，淡黄色，较发达。

分布与习性 东炮台、金沟寨、烟台山、夹河口、崆峒岛、养马岛等岩岸都可采到，为我国沿海岩石岸潮间带习见种。以足丝固着在潮间带，特别是高潮线稍下的岩石或空牡蛎壳上，营群栖生活。常与小藤壶栖息在一起。

经济意义 个体小，无食用价值，但由于数量大，可作为家禽饲料或肥料。

图 3-71 黑荞麦蛤

45. 凸壳肌蛤 *Musculus senhousei*（图 3-72）

分类地位 双壳纲 Bivalvia；贻贝目 Mytiloida；贻贝科 Mytilidae。

形态特征 旧称寻氏短齿蛤 *Brachydontes senhousei*。贝壳小，一般壳长 28mm、高 13mm、宽 10mm。壳质薄、韧，近透明，略近三角形。壳顶凸圆，位于近前端背侧，至最前端的距离约为铰合部的 1/4。腹缘直，中部微向内凹，足丝孔不明显。后缘圆形。两壳极膨胀，生长线及放射肋均细而均匀。壳表面光滑，呈黄褐色或绿褐色，具光泽，自壳顶至后缘有棕色或紫褐色放射纹及波状花纹。有时壳顶的壳皮剥落，露出白色壳质。壳内面灰白色，具珍珠光泽。外套痕及闭壳肌痕均不明显。铰合部窄，沿铰合线及其后方有一列细小的锯齿。韧带细，红褐色。足丝极细软，褐色，较发达。

分布与习性 金沟寨、夹河口、崆峒岛、养马岛等泥沙岸均可采到，为我国沿海潮间带的习见种。主要生活在泥沙滩或泥滩中，自潮间带的中区至潮下带 20m 左右的浅海分布普遍。以足丝固定在泥沙或海藻上生活。有巢居习性，一般潜沙深 2cm 左右。有时常成群地以足丝彼此相连。其适盐范围广，雌雄异体，繁殖期从 5 月末到 10 月中旬，以 7 ~ 9 月为繁殖盛期。饵料以浮游硅藻为主。

经济意义 个体虽小，但产量大，肉质丰满，味道鲜美，营养丰富。在广东和福建沿海俗称薄壳，煮或炒熟后像吃瓜子一样食之，加工后的蛏干和蛏油等也深受欢迎。也可作为对虾养殖的优质饵料，其优点是不用破碎，有助于保持虾池的水质清洁。此外，它也是鱼类喜食的对象，其生长和繁殖与渔场的形成有密切关系。由于它常群居而大量覆盖在泥沙表面，从而影响了底栖贝类的正常生活，故对蛤、蚶等经济贝类的养殖业有一定的危害。

图 3-72 凸壳肌蛤

46. 栉孔扇贝 *Chlamys farreri*（图 3-73）

分类地位 双壳纲 Bivalvia；珍珠贝目 Pterioida；扇贝科 Pectinidae。

形态特征 贝壳较大，呈圆扇形，一般壳长 75 mm、高 78 mm、宽 28mm。壳质不厚，结实，两壳略等，左壳比右壳凸。壳顶位于背缘中央，壳顶前后具耳，前耳较后耳大，右壳前耳的下方有足丝孔，孔下缘具有栉状细小的齿，约 6～10 枚。两壳表面具有不同数目的放射肋，左壳的放射肋少而发达，约 10 条，每 2 条间杂有数条小肋；右壳的肋多而弱，约 20 条，也有较细的间肋。放射肋上生有大小不等的鳞片突起。贝壳的颜色有变化，通常为紫褐色或黄褐色。壳内面白色、褐色或粉红色，并具宽窄不一的放射沟。铰合部直，无齿，内韧带，褐色，位于壳顶下方三角形凹槽内。外套痕不明显，闭壳肌痕大，圆形。外套边缘膜厚，具有许多发达的触手，触手基部有许多外套眼（每侧 25～47 只）。位于左、右侧外套膜上外套眼的数目不等，通常左侧多于右侧。足丝极发达，细线状。

分布与习性 崆峒岛、养马岛等岩岸可采到。主要生活在潮下带自低潮线附近至水深 50 m 的浅海底，底质多为岩石、沙砾或沙质等。用足丝营附着生活，多栖息在水流较急的清水区。在环境不利时，能自动脱落足丝在水中自由游泳；当遇到合适的条件时，又能重新分泌足丝，再营附着生活。生长速度较快，适温为 5～25℃，水温在 5℃以下就停止生长，一般 15℃左右生长速度较快。繁殖季节 5 ~ 9 月，盛期是在 5 月。

经济意义 肉味鲜美，营养丰富，可鲜食，其肥大的闭壳肌的干制品称为"干贝"，是名贵的海味佳肴。贝壳可烧石灰或作为贝雕的原料。现已进行大规模人工养殖，是我国重要的养殖贝类之一。

图 3-73　栉孔扇贝

47. 海湾扇贝 *Argopecten irradians*（图 3-74）

分类地位 双壳纲 Bivalvia；珍珠贝目 Pterioida；扇贝科 Pectinidae。

形态特征 贝壳中等大小，近圆形，壳较凸，壳质较薄。一般壳长 63mm、高 62mm、宽 27mm。两壳及壳两侧略等。壳顶稍低，不突出背缘，在背侧的中央。左壳的前后两壳耳略等，右壳前耳小于后耳，具足丝孔和细栉齿。壳表面多呈灰褐色或淡黄褐色，具深褐色或紫褐色花斑，一般左壳的颜色比右壳的浅。两壳皆有放射肋 17 ~ 18 条，肋圆滑，肋上小棘较平。左壳肋窄，肋间距离较宽；右壳相反。生长纹较明显。贝壳内面近白色，略具光泽，肌痕略显，有与壳面相应的肋沟。外套膜具缘膜，外套触手较细而多。外套眼较大，数目较少。

分布与习性 烟台海滨常可捡到其贝壳，秋季在水产市场可买到活贝。这种扇贝原产于美国大西洋沿岸，1982 年引进我国并开展人工养殖，其适温范围为 -1 ~ 30℃，在 10℃ 时生长良好。生长较快，1 年即可达商品规格。雌雄同体，卵在海水中受精。水温 14 ~ 16℃ 时性腺成熟，升温至 23℃ 可刺激产卵。食物以浮游藻类为主。

经济意义 肉质部较肥满，味道鲜美。具有适应性强、生长快、养殖周期短、产量高等特点，极具开发潜力，现已开展大规模人工养殖，并已成为我国重要的养殖贝类之一。

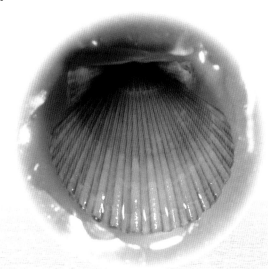

图 3-74 海湾扇贝

48. 虾夷盘扇贝（夏夷扇贝）*Patinopecten yessoensis*（图 3-75）

分类地位 双壳纲 Bivalvia；珍珠贝目 Pterioida；扇贝科 Pectinidae。

形态特征 贝壳大，近圆形。一般壳长 115mm、高 105mm、宽 34mm。壳两侧略等，两壳不等，右壳较左壳大且较凸。两壳耳略等，皆呈三角形，右壳前耳下方的足丝孔弯入较小。壳表面有放射肋约 22 条，右壳的放射肋较宽、肋间距较小；左壳的放射肋较窄、肋间距较宽；多数近壳缘处的两主肋间又有 1～3 条小的细肋。生长纹细密。壳内面呈白色，具光泽，近壳缘处常呈淡紫色。闭壳肌痕大，呈椭圆形。外套眼较小，数目较多。

分布与习性 烟台海滨可捡到其贝壳，水产市场常可买到活贝。辽宁大连海区有分布。我国自 1980 年从日本引进并在辽宁和山东沿海试养，现已形成一定的养殖规模。生活于水深 6～80m 的海底，在风浪平静、砂砾质的内湾生长较好。幼贝用足丝附着生活，壳长达到 7～8mm 时足丝就消失，成贝自由生活在海底。

经济意义 个体大，生长较快，产量高，肉味鲜美，营养丰富，可鲜食或干制，是重要的海珍品。贝壳大，可作为牡蛎等贝类育苗的附着基及贝雕工艺品的原料。

图 3-75　虾夷盘扇贝

49. 长巨牡蛎 *Crassostrea gigas*（图 3-76）

分类地位　双壳纲 Bivalvia；珍珠贝目 Pterioida；牡蛎科 Ostreidae。

形态特征　因引种养殖的关系，出现了太平洋牡蛎、真牡蛎、日本牡蛎和台湾牡蛎等多个别名，实同属此种。贝壳大，近长方形，壳质坚厚，一般壳长103mm、高 360mm、宽 52mm。两壳不等，左壳较大而中凹，壳面鳞片较右壳粗大，以左壳的后端部分固着在岩石或其他物体上，壳顶稍突出；右壳表面较平，自壳顶向腹面鳞片环生，状如波纹，排列较稀疏，层次较少。壳外面通常呈灰白色、黄褐色或淡紫色，壳内面为瓷白色。壳顶韧带槽宽大，两侧无齿，外套痕不明显。闭壳肌痕大，呈马蹄形，位于壳的后部背侧，呈棕黄色或紫色。

分布与习性　东炮台、金沟寨、烟台山、崆峒岛、养马岛等岩岸都可采到。生活在潮间带至低潮线下数米水深的浅海海底，常固着在岩石上生活，但因人工培育的苗种不再需要固着基，在泥沙和泥滩也可以养殖。杂食性，以浮游动物、单细胞藻类及有机碎屑为食料。在山东沿海，繁殖高峰期为 6 月下旬至 7 月下旬。为广温、广盐性种类，从冬季结冰的俄罗斯远东沿岸到夏季水温可达 40℃的东南亚，从盐度

图 3-76　长巨牡蛎

在 0.010 左右的临近河口地区到盐度常年在 0.040 的澳大利亚南澳洲水域，此种牡蛎都能正常生长、自然繁殖。

经济意义 个体大，生长速度快，肉味鲜美，营养丰富，可鲜食，也可加工成蚝豉、蚝油及罐头等。其贝壳可入药，还可作为烧石灰的原料。许多沿海国家相继开展了大规模人工养殖，是世界上经济价值最高的牡蛎种类。

50. 褶巨牡蛎 *Crassostrea plicatula*（图 3-77）

分类地位 双壳纲 Bivalvia；珍珠贝目 Pterioida；牡蛎科 Ostreidae。

形态特征 曾名僧帽牡蛎 *Ostrea cucullala*。贝壳小，壳长 18 ~ 36mm、高 30 ~ 67mm、宽 14 ~ 27mm。体形有变化，两壳大小不等，左壳稍大而中凹，右壳小而平。左壳表面凸出，鳞片层较少，顶部固着在岩石或其他物体上，附着面大；右壳表面具有同心环状翘起的鳞片层，无显著的放射肋，在幼壳鳞片层末端通常长出舌状凸片或尖的棘，老壳的鳞片和棘减少或消失。壳面的颜色有变化，通常为淡黄色，杂有紫褐色或黑褐色放射状的条纹。铰合部窄无齿，韧带槽长，三角形。闭壳肌痕马蹄形，黄褐色，位于背后方。在左壳的顶端内面有一较深的凹穴。

分布与习性 东炮台、金沟寨、烟台山、崆峒岛、养马岛等岩岸都可采到，是我国沿海最常见的一种牡蛎。生活在潮间带的中区，在岩石上或其他物体上固着生活。6 ~ 9 月产卵。

经济意义 个体虽不大，但肉肥厚，味鲜美，肉可鲜食或干制，还可与壳入药，肉可滋阴养血，壳可镇静敛汗、滋阴潜阳、固精止带、化痰软坚等。我国福建、浙江等沿海地区"插竹养蚝"即为此种，其养殖历史可追溯到宋代。

图 3-77 褶巨牡蛎

51. 密鳞牡蛎 *Ostrea denselamellosa*（图 3-78）

分类地位　双壳纲 Bivalvia；珍珠贝目 Pterioida；牡蛎科 Ostreidae。

形态特征　贝壳大，近圆形或卵圆形，壳厚。壳长 138mm、高 122mm、宽 56mm。左壳稍中凹，顶部固着，固着面小，腹缘环生同心鳞片，自壳顶发出明显的放射肋，壳缘有齿状缺刻，壳面呈紫褐色或黄褐色。右壳较平，壳顶部鳞片常愈合而较平滑，其他部位鳞片较密，薄而脆，呈舌片状，紧密似覆瓦状排列。自壳顶发出许多放射肋，因此使鳞片和壳缘均形成波状。壳色有变化，以灰色为基色，杂以紫色、褐色和青色。壳内面白色，壳顶两侧常有一列小齿，5～8 枚。铰合部窄，韧带槽短，三角形。闭壳肌痕大，卵圆形，位于中部靠背侧。

分布与习性　东炮台、烟台山、崆峒岛、养马岛等岩岸都可采到，为我国沿海习见种。生活在潮下带至水深 30m 左右的海底。所处的环境不仅盐度相对比较稳定，一般在 0.027～0.034 之间，而且水温的变化也不剧烈。

经济意义　自然环境中此种牡蛎的分布不集中，一般很难形成较大规模的产业。肉、壳均可入药，同上种。

图 3-78　密鳞牡蛎

52. 滑顶薄壳鸟蛤 *Fulvia mutica*（图 3-79）

分类地位　双壳纲 Bivalvia；帘蛤目 Veneroida；鸟蛤科 Cardiidae。

形态特征　贝壳较大，近圆形，壳质薄脆，两壳极膨胀，壳长 42～

54mm、 高 39 ～ 5mm、 宽 35 ～ 37mm。两壳大小相等，两侧不等。壳顶部光滑，壳顶位于背缘中央靠前方，尖顶微向前曲，小月面长卵圆形，楯面短，梭状。外韧带发达，突出于铰合部之外。壳表面具有自壳顶至壳缘细的放射肋 46 ～ 49 条，放射肋在壳顶部常不显。壳面被有黄褐色壳皮，壳皮在放射肋上呈薄片状竖起。壳黄白色，壳顶略带黄褐色。壳内面白色、肉色或带

图 3-79　滑顶薄壳鸟蛤

有紫色。铰合部长，左壳主齿 2 枚，大者呈爪状，前侧齿宽而大，后侧齿细而长；右壳主齿 2 枚，前侧齿 2 个，一大一小，后侧齿 1 枚为三角形。前闭壳肌痕大，卵圆形；后闭壳肌痕小，圆形。外套痕不明显。无外套窦。

分布与习性　夹河口、养马岛沙岸可采到。生活在自低潮线附近至 57m 水深的沙质或泥沙质海底。底栖拖网或渔民底拖网常遇到，有时在低潮线附近也可以采到。

经济意义　肉可供食用，但数量不多，可作为养殖对象。

53. 中国蛤蜊 *Mactra chinensis*（图 3-80）

分类地位　双壳纲 Bivalvia；帘蛤目 Veneroida；蛤蜊科 Mactridae。

形态特征　别名凹线蛤蜊 *Mactra sulcataria*。贝壳中等大小，近三角形，壳质较薄但较坚韧，壳长 41 ～ 58mm、高 31 ～ 42mm、宽 22 ～ 30mm。壳顶凸，位于背缘中部稍靠前方，两壳壳顶之间距离很近。壳前缘和后缘皆呈圆形，背、腹缘呈弧形。两壳相等，两侧不等。小月面及楯面宽大，呈宽披针形。壳表面光滑具光泽，有黄褐色壳皮，壳顶处常剥蚀呈白色。生长线极显著，特别在中部腹缘上方，为同心圆形的凹线。无放射肋，自壳顶向腹缘有放射状的色带。壳内面为白色。铰合部主齿及侧齿均呈片状，左壳具 1 个双叉的主齿，前、后侧齿单片；右壳具 2 个主齿，前、后侧齿双片。主齿后方有大而深的韧带槽，强大的褐色内韧带位于其中。前闭壳肌痕稍大，呈卵圆形；后闭壳肌痕较小，略呈三角形。外套窦较宽短。

分布与习性 夹河口、养马岛沙岸可采到，为我国北方沿海习见种。生活于潮间带中、下区及浅海海底，以海水盐度较高、潮流通畅、清洁沙质底质为宜。

经济意义 肉可供食用，味鲜美，可鲜食，也可加工成干制品或罐头。贝壳可作为烧石灰的原料。可作养殖对象。

图 3-80　中国蛤蜊

54. 四角蛤蜊 *Mactra veneriformis*（图 3-81）

分类地位 双壳纲 Bivalvia；帘蛤目 Veneroida；蛤蜊科 Mactridae。

形态特征 贝壳中等大，略呈四角形，极膨胀，壳高与壳长几乎相等，壳长 36 ～ 39mm、高 34 ～ 46mm、宽 26 ～ 37mm。两壳大小相等，两侧不等。壳顶凸，位于背缘中部略靠前方。小月面及楯面极明显，呈心脏形。外韧带细薄，不明显。壳顶前后的背缘呈弧形，前缘与后缘在与腹缘相交处略呈钝角，腹缘弧形。壳面同心生长线明显，细密，具黄褐色壳皮。壳顶白色，幼壳多呈淡紫色，近腹缘为黄褐色，腹缘常污染有一窄的黑色镶边。壳内面灰白色，铰合部宽大，左壳一主齿，顶端分叉；右壳主齿及两壳前、后侧齿同中国蛤蜊。内韧带发达，三角形，位于主齿后面韧带槽内。前闭壳肌痕小，卵圆形；后闭壳肌痕稍大，近圆形。外套痕较明显，外套窦浅，末端钝圆。两水管愈合，较长。

分布与习性 夹河口、养马岛沙岸可采到，为我国沿海习见种。生活在潮间带中、低潮区或潮线下 20m 以内的沙和泥沙质海底，营穴居生活，一般可埋栖在沙中 5 ～ 10cm 深，以水管伸出地面摄食和排泄。4 ～ 6 月间性腺成熟。生活在沙滩者贝壳较薄，生活在砾石粗沙环境者贝壳厚而坚、膨胀。

经济意义 我国北部沿海天然产量极大，资源丰富，肉鲜食或干制均可，其肉和壳均可药用，功效同文蛤。

图 3-81　四角蛤蜊（甲醛固定标本拍照）

55. 九州斧蛤 *Tentidonax kiusiuensis*（图 3-82）

分类地位　双壳纲 Bivalvia；帘蛤目 Veneroida；斧蛤科 Donacidae。

形态特征　贝壳小，薄，呈长直角三角形，一般壳长 11mm、高 6mm、宽 4mm。壳前缘长，后缘短。壳顶较明显，偏向后端，顶角近 90°。壳面前部及后部平滑，由壳顶向下、向后有放射状细纹，但只有在放大时才能看到。壳顶后面，沿壳后缘有与生长线平行的褶。外韧带中等突出。壳表面白或淡黄色，有光泽，一般有 2 条自壳顶放射的、不太宽的浅棕色带。壳内面颜色较浅，壳缘光滑，只在腹缘后端有数枚小齿，肌痕不明显。铰合部较发达，左壳有 2 个宽大而分开的中央齿、1 个位于中央齿附近的前侧齿和 1 个短而高的后侧齿，右壳具有 1 个大型分叉的中央齿及局限于深陷处的侧齿。沿右壳前上缘有 1 条长而窄的沟，当闭壳时，左壳上缘即插入其中。

分布与习性　夹河口沙滩可采到。生活在潮间带或潮下带的细沙滩中，一般潜沙不深，水管伸出地表。可借浪激的力量随潮汐的涨落而移动，同样的采集地点有时很多，有时很少见到。

经济意义　个体小，食用价值不大，但可作为饵料或饲料。尤其适于活体投喂对虾，不会破坏虾池水质，是对虾养殖的优质饵料。

图 3-82　九州斧蛤

56. 异白樱蛤 *Macoma incongrua* （图 3-83）

分类地位 双壳纲 Bivalvia；帘蛤目 Veneroida；樱蛤科 Tellinidae。

形态特征 贝壳呈三角形或椭圆三角形，侧扁，壳质较坚厚，后端稍开口。壳长 21 ~ 35mm、高 15 ~ 28mm、宽 7 ~ 15mm。壳两侧不等，前缘圆形，后缘略尖，且向右侧弯曲。壳顶较凸，位于中央偏后方，小月面及楯面略显。外韧带短，呈褐色。壳表面具有灰色、浅绿色或浅棕色壳皮，壳皮易脱落，脱落处呈灰白色。生长线细密，至壳边缘略显粗糙。壳内面白色，略具珍珠光泽。铰合部窄，左、右壳各具主齿 2 枚。前闭壳肌痕大，呈椭圆形；后闭壳肌痕较小，呈近圆形。外套痕显著，两壳外套窦的形状不同，左壳者较长，一般达到前闭壳肌痕；右壳者短，远不及前闭壳肌痕。水管细长，发达。

分布与习性 夹河口、崆峒岛、养马岛泥沙岸均可采到，为我国北部沿海习见种类。生活在海湾无激浪的潮间带中，底质为泥沙，有时混有砾石和贝壳等。

经济意义 肉可供食用。壳、肉均可入药，壳可清热、利湿、化痰软坚，肉有润五脏、止烦渴、开脾胃、软坚散肿等功效。

图 3-83 异白樱蛤

57. 红明樱蛤 *Moerella rutila* （图 3-84）

分类地位 双壳纲 Bivalvia；帘蛤目 Veneroida；樱蛤科 Tellinidae。

形态特征 贝壳较小，薄，有时半透明，近椭圆形或三角形。壳长 16 ~ 25mm、高 12 ~ 17mm、宽 7 ~ 8mm。两壳略相等，壳两侧不等。壳顶约居中央。壳前缘圆形，腹缘呈弧形，后缘稍突，并略弯曲。壳表面白色、黄色或粉红色，具光泽。生长线细密，较规则。壳内面与表面同色。铰合部较宽大，左、右壳各有主齿 2 个，右壳还有 1 个前侧齿。外韧带短，突出呈梭形，黄褐色。前闭壳肌痕大，肾形；后闭壳肌痕稍小，半圆形。外套窦极宽大，三角形，接近前闭壳肌痕。

分布与习性　夹河口、养马岛泥沙岸可采到。生活于潮间带中、下区泥沙中，穴居，贝壳埋栖在泥沙中，水管伸出地表面摄食和排泄，有时在低盐度的河口附近也有发现。

经济意义　肉可供食用，但个体小，数量少，食用价值不大。

图 3-84　红明樱蛤

58. 粗异白樱蛤 *Heteromacoma irus*（图 3-85）

分类地位　双壳纲 Bivalvia；帘蛤目 Veneroida；樱蛤科 Tellinidae。

形态特征　别名烟台腹蛤 *Gastrana yantaiensis*。贝壳中等大，壳质坚厚，稍开口，略呈三角椭圆形，有的壳后缘延长。壳长 38～57mm、高 32～43mm、宽 17～23mm。壳两侧不等，两壳略不等。壳前缘圆形，腹缘呈弧形，后缘较尖瘦。壳顶凸，略偏前方。小月面小而深，有的个体具明显的心脏形小月面，极凹陷。壳顶后侧背缘直，形成一宽大的楯面。外韧带强大，棕褐色，凹陷于两壳之间。壳面粗糙，灰白色无光泽。生长线明显，粗细不一，无放射肋。多数个体壳面有损伤的凹陷。壳内面白色，铰合部宽大，左、右壳各具 2 个主齿，左壳前主齿大于后主齿，无侧齿。前闭壳肌痕椭圆形，后闭壳肌痕近圆形。外套窦宽。

分布与习性　东炮台、崆峒岛等砂砾岸可采到。生活于潮间带及潮下带最上区的海底，底质为砂砾、碎石或泥沙，营穴居生活。

经济意义　肉味美，可食用，还可药用，功效同文蛤。

图 3-85　粗异白樱蛤

59. 橄榄圆滨蛤 *Nuttallia olivacea*（图 3-86）

分类地位　双壳纲 Bivalvia；帘蛤目 Veneroida；紫云蛤科 Psammobiidae。

形态特征　别名橄榄紫蛤。贝壳中等大，卵圆形，较薄，两壳等大，不同形，右壳扁平，左壳凸。壳长 29～47mm、高 21～35mm、宽 8～14mm。壳顶略凸，近壳中央。外韧带极突出，高于壳顶，呈深褐色。壳表面光滑具光泽，无放射肋，具紫褐色外皮，壳顶常被磨损脱落而呈灰白色。生长线细而明显。壳内面为淡紫色。铰合部狭窄，两壳各具 2 个主齿，其中左壳的前主齿及右壳的后主齿较大而常分裂，无侧齿。前闭壳肌痕较长，呈半月形；后闭壳肌痕近圆形。外套痕不很明显，外套窦深而长，向前伸至壳顶下方。水管极发达，两水管分离，细长。足侧扁，斧状，发达。

分布与习性　夹河口、崆峒岛泥沙岸都可采到。生活在潮间带中区或低潮线附近的沙滩或泥沙滩中，穴居，潜沙深度为 30～50cm，水管伸出地面摄食和排泄，出、入水管在滩面的圆形洞口常相距较远，其洞口常堆积着少许细沙粒。在污染较重的泥沙中生活时，此蛤的扰动对周围泥沙有显著的净化作用。

经济意义　壳薄，肥满度高，肉质细嫩，味道鲜美，是人们喜食的海产品。可作为养殖对象。

图 3-86　橄榄圆滨蛤

60. 长竹蛏 *Solen gouldii*（图 3-87）

分类地位　双壳纲 Bivalvia；帘蛤目 Veneroida；竹蛏科 Solenidae。

形态特征　贝壳狭长，如竹筒形，壳质薄脆，两壳相等。壳长70 ~ 120mm、高 12 ~ 15mm、宽 7 ~ 12mm，一般壳长约为壳高的 6 ~ 7 倍。壳顶不明显，位于背缘最前端。壳前缘为截形，略倾斜；后缘近圆形，背、腹缘直而平行。韧带黄褐色或黑褐色，窄而长，约为壳长的 1/5。壳表面光滑，被黄褐色壳皮，老个体壳顶周围壳皮常剥落成白色，生长线明显。壳内面白色或淡黄褐色。铰合部小，每壳各具 1 个主齿。外套痕明显，前端向背缘凹入，外套窦半圆形。前闭壳肌痕细长，超过或等于韧带的长度；后闭壳肌痕略成半圆形。外套膜边缘大部愈合。两壳闭合后，前后两端均开口，足可从前端伸出，后端伸出水管。足极发达，圆锥形。两水管愈合，末端有触手。

分布与习性　夹河口、崆峒岛泥沙岸可采到，是我国沿海习见种类之一。生活在潮间带中区以下至潮下带浅海泥沙或沙质海底，穴居，潜入泥沙内深度约20 ~ 40mm。栖息的密度可很大。退潮后在沙滩上可看到长度不到 1cm 的哑铃形孔。在捕到长竹蛏后，可以看到其水管有分段脱落的自截现象。繁殖期在烟台为 6 ~ 8 月。

经济意义　个体较大，肉嫩味鲜，产量高，分布广，在食用贝类中占有相当重要的地位，肉、壳尚可入药，是一种很有发展前途的养殖种类。

图 3-87　长竹蛏

61. 大竹蛏 *Solen grandis*（图 3-88）

分类地位　双壳纲 Bivalvia；帘蛤目 Veneroida；竹蛏科 Solenidae。

形态特征　贝壳竹筒形，似长竹蛏而稍高，两壳大小相等。贝壳大者长140mm、高31mm、宽23mm，一般壳长是壳高的4~5倍。壳顶位于贝壳的最前端。背、腹缘平行，前缘截形，后缘圆。外韧带较长，黑色或黑褐色。壳表面平滑，生长纹明显，具有一层发亮的黄褐色而略带绿色的壳皮，壳皮脱落后为白色。壳内面白色，铰合部窄小，两壳各具主齿1枚。前闭壳肌痕长，长度约与韧带等长；后闭壳肌痕三角形。外套痕清楚。足极发达，圆锥形。

分布与习性　崆峒岛泥沙岸可采到，我国各海区均有分布。生活在潮间带中区至水深40m的沙质或泥沙质海底，潜入沙内深达 30 ～ 50cm，其深浅也随着个体大小而不同，其洞穴并非垂直，与沙面略成 70°～ 80°角。

经济意义　个体肥大，足部肌肉很发达，味道极鲜美，但天然产量没有长竹蛏高。肉、壳也可入药，是重要的经济贝类。

图 3-88　大竹蛏

62. 薄荚蛏 *Siliqua pulchella*（图 3-89）

分类地位 双壳纲 Bivalvia；帘蛤目 Veneroida；竹蛏科 Solenidae。

形态特征 贝壳较小，呈长扁椭圆形，壳质极薄脆，半透明，两端开口。壳长 35mm、高 11mm、宽 4mm，一般壳长约为壳高的 3 倍。两壳大小相等，两侧不等。壳前、后缘圆，背缘较直，腹缘略圆。壳顶稍突出，位于前方，约在壳长的 1/4 处。外韧带凸出，黑褐色，狭长。壳表面平滑，具光泽，呈淡紫褐色，被薄的淡黄褐色壳皮，生长线细密、明显。壳内面为淡紫色，由壳顶向腹缘有一条白色的肋状突起。前闭壳肌痕梨形，后闭壳肌痕半圆形。铰合部窄，两壳各具主齿 2 枚，无侧齿，左壳主齿前小、后大而顶端分叉，右壳前主齿呈三角形，后主齿长。外套窦及外套线均清晰。

分布与习性 夹河口、崆峒岛泥沙岸可采到。生活在潮间带至水深 31m 的沙和泥沙质海底，潜入沙内不深，地面无明显的辨认标志。

经济意义 肉可供食用。

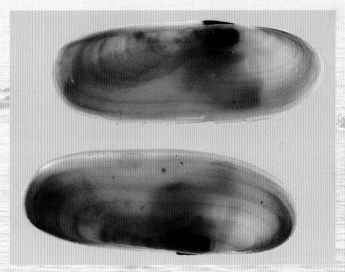

图 3-89 薄荚蛏

63. 缢蛏 *Sinonovacula constricta*（图 3-90）

分类地位 双壳纲 Bivalvia；帘蛤目 Veneroida；截蛏科 Solecurtidae。

形态特征 贝壳近长方形，较薄，两端开口。壳长 83mm、高 26mm、宽 18mm。两壳大小相等，两侧不等。壳顶位于背缘近前方，约在壳长的 1/3 处。背、腹缘近平行，前、后缘圆。外韧带黑褐色，突出于壳面，略近三角形。壳面由壳顶至腹缘有一条斜而浅的缢痕或称凹沟，被黄绿色壳皮，成体常被磨损脱落而呈白色，生长线较粗糙。壳内面白色，壳顶下面有一与壳表缢痕相对的隆起。铰合部狭小，左壳 3 个主齿，中央齿分叉，右壳 2 个主齿。前、后闭壳肌痕均呈三角形，后者大于前者。水管发达。外套痕明显，外套窦宽大。

分布与习性 烟台海滨常可捡到其贝壳，水产品市场经常有出售，我国南、北沿海皆有分布。生活于河口或有少量淡水注入的内湾潮间带中、下区的软泥海底，用足掘孔穴居，潜入泥中的深度一般为 10 ~ 20cm。雌雄异体，约在 8 ~ 11 月为生殖季节。以底栖硅藻为主要饵料。

经济意义 肉极鲜美，除鲜食外，还可加工制成蛏罐头、蛏干、蛏油等食品。肉、壳尚可入药，肉有滋补、清热、除烦、止痢等作用，贝壳可用于治疗胃病、喉痛，是重要的养殖贝类之一。我国养殖缢蛏已有数百年的历史，福建、浙江、山东沿海养殖的"蛏子"即此种。

图 3-90　缢蛏

64. 文蛤 *Meretrix meretrix*（图 3-91）

分类地位 双壳纲 Bivalvia；帘蛤目 Veneroida；帘蛤科 Veneridae。

形态特征 贝壳大型，三角卵圆形，壳质坚硬、重厚，两壳大小相等。壳长 80 ~ 122mm、高 72 ~ 110mm、宽 41 ~ 57mm。壳顶突出，位于壳背缘稍前方。前缘及后缘均为圆形。小月面大，长楔状，楯面亦大，占据从壳顶至后端的长度。外韧带粗短、黑褐色，突出壳面甚高。壳表面凸出、光滑，外被光滑似漆的黄褐色壳皮，同心生长线很清晰，无放射肋。壳面花纹随个体变异很大，通常自壳顶起有许多环形的褐色带和锯齿或波浪状的褐色花纹，色彩美丽。壳内面呈白色，前后缘有时略呈紫色。铰合部宽大，左壳具 3 个主齿及 1 个前侧齿，右壳具 3 个主齿及 2 个前侧齿。前闭壳肌痕小，略呈半圆形；后闭壳肌痕大，呈卵圆形。外套痕明显，外套窦浅，呈半圆形。

分布与习性　夹河口、崆峒岛等沙岸可采到。生活在潮间带及浅海区的细沙表层。它有随水温变化和个体生长而迁移的特点，可分泌胶质带或囊状物使身体悬浮水中，藉潮流力量迁移，以 2~4 cm 的个体移动能力最强。产卵期 7 ~ 8 月，雌性生殖腺淡黄色，雄性生殖腺乳白色。

经济意义　肉味鲜美，享有"天下第一鲜"的盛名。可鲜食、干制或制罐头。尚可入药，能消散上下结气，主治咳逆胸痹、腰痛胁急，更能止烦渴、化痰、利小便。贝壳可制成高标号水泥。天然产量丰富，是重要的捕捞对象，也已开展大规模人工养殖。

图 3-91　文蛤

65. 紫石房蛤 *Saxidomus purpuratus*（图 3-92）

分类地位　双壳纲 Bivalvia；帘蛤目 Veneroida；帘蛤科 Veneridae。

形态特征　俗称"天鹅蛋"。贝壳大，壳极坚厚，卵圆形，膨胀。壳长 106mm、高 84mm、宽 55mm。两壳大小相等，两侧不等。壳顶突出，靠近前方，约位于壳长 2/5 处。小月面、楯面均不明显。外韧带强大，凸出，呈黑褐色。贝壳表面的同心生长轮脉粗糙，在后部常凸出壳面。壳表通常呈黄褐色或铁锈色。壳内面黑紫色，有光泽。铰合部宽，左壳有 4 个主齿；右壳主齿 3 个，前侧齿 2 个。闭壳肌痕大而明显，前、后闭壳肌痕分别呈椭圆形和桃形。外套痕清楚，外套窦大而深，前端圆形。

分布与习性 夹河口、崆峒岛等泥沙岸可采到，水产市场常有销售。生活在潮下带水深 4 ～ 20m 的海底，底质多为泥沙、砾石。埋栖深度 10 ～ 25cm。栖息于潮流畅通、海水清澈、底栖硅藻丰富的海底凹陷地带，常有群栖现象。繁殖盛期为 6 ～ 7 月。

经济意义 个体大，肉质丰满，味道鲜美，北方俗称"天鹅蛋"，经济价值较高，是我国北方可望发展的养殖种类。

图 3-92　紫石房蛤

66. 青蛤 *Cyclina sinensis*（图 3-93）

分类地位 双壳纲 Bivalvia；帘蛤目 Veneroida；帘蛤科 Veneridae。

形态特征 俗称"牛眼蛤"。贝壳中等大，近圆形，膨胀，壳高与壳长相近。壳长 46 ～ 59mm、高 49 ～ 62mm、宽 34 ～ 40mm。两壳大小相等，两侧近等。壳顶近背缘中央，尖端向前弯曲。无小月面，楯面窄长，呈披针状。外韧带黄褐色，不突出壳表。壳面同心生长轮脉顶端部细密，向腹缘延伸逐渐变粗而突出壳面。壳表淡黄色，活体标本常青黑色，腹缘常有紫色镶边。贝壳内面白色或淡肉色，边缘常呈紫色并具有细小的齿状缺刻。铰合部狭长，两壳各具主齿 3 枚。前闭壳肌痕细长，呈半月形；后闭壳肌痕大，呈椭圆形。外套痕明显，外套窦深。

分布与习性 夹河口、养马岛、崆峒岛等泥沙岸可采到，我国沿海广泛分布。生活在潮间带的泥沙内，中、低潮区居多，埋栖，深度 10cm 左右。当人在海滩走动时有水柱从地下射出，多是青蛤受惊后水管收缩喷出来的水。属广温、广盐种，在表温 0 ～ 30℃、盐度 0.017 ～ 0.031 的环境均能正常生长。繁殖期为 6 ～ 9 月。

经济意义 肉味鲜美，可供食用。壳可入药，还可用来烧石灰。有一定的资源量，有的海区是水产采捕的主要对象，也是可望发展的养殖种类。

图 3-93　青蛤

67. 等边浅蛤 *Gomphina veneriformis*（图 3-94）

分类地位　双壳纲 Bivalvia；帘蛤目 Veneroida；帘蛤科 Veneridae。

形态特征　贝壳较小，呈等边三角形，腹缘为圆形，壳质坚厚。壳长 24～39mm、高 19～31mm、宽 10～16mm。两壳大小相等。壳顶尖，稍突出，位于壳背缘中央。壳顶的前、后缘直，其间夹角约120°。小月面狭长，呈披针形，楯面不显著。外韧带短而粗，凸出壳面，黄褐色。壳表面无放射肋，同心生长线明显，有时呈现沟纹。壳表面灰白色或灰黄色，具瓷质光泽，有放射形紫褐色色带3～4条。壳内面白色或浅肉色，具珍珠光泽。铰合部窄，三角形，左右两壳各具主齿3枚。前闭壳肌痕小，呈卵圆形；后闭壳肌痕稍大，呈近圆形。外套痕明显，外套窦稍深，前端圆。

分布与习性　夹河口、崆峒岛沙岸都可采到，是我国沿海潮间带习见种。生活在潮间带中区至浅海沙质海底，潜入沙内数厘米。

经济意义　肉味鲜美，群众喜食。肉及贝壳均可药用，功效同文蛤。壳可作为容器和工艺品原料。具养殖发展前景。

图 3-94　等边浅蛤

68. 日本镜蛤 *Dosinia japonica*（图 3-95）

分类地位 双壳纲 Bivalvia；帘蛤目 Veneroida；帘蛤科 Veneridae。

形态特征 贝壳较大，近圆形，侧扁，壳质坚厚。壳长 32 ~ 78mm、高 30 ~ 70mm、宽 13 ~ 38mm。两壳大小相等，两侧稍不等。壳顶小，尖端向前弯，位于背缘靠前方。小月面呈心脏形，凹陷，楯面披针形。外韧带棕黄色，陷于两壳之间。壳表面白色，较平滑，无放射肋，同心环生长线明显。壳内面白色，具光泽。铰合部宽，左右壳各有主齿 3 枚。各肌痕均明显，前闭壳肌痕较窄，呈半圆形；后闭壳肌痕稍大，呈卵圆形。外套痕明显，外套窦深而前端尖细，伸至壳中部，呈尖锥形。

分布与习性 夹河口、崆峒岛、养马岛等泥沙岸均可采到，为我国沿海习见种。生活于潮间带中区至 73m 水深的浅海海底，底质为细沙或泥沙质，栖息深度 5 ~ 10cm，滩面上留有小酒杯形的凹陷。为广温、广分布种。

经济意义 肉可供食用，产量中等。

图 3-95　日本镜蛤

69. 江户布目蛤 *Protothaca jedoensis*（图 3-96）

分类地位 双壳纲 Bivalvia；帘蛤目 Veneroida；帘蛤科 Veneridae。

形态特征 别名伊豆布目蛤。贝壳中等大，略呈卵圆形，壳质坚厚。壳长 34 ~ 56mm、高 28 ~ 49mm、宽 19 ~ 32mm。两壳大小相等，两侧不等。壳顶突出，弯曲，位于背缘靠前方。小月面呈心脏形，界限明显。楯面窄，不甚显著。外韧带长，铁锈色，不突出壳面。壳表面具有很多发达的放射肋和同心环状的生长线，二者交织成布纹状，放射肋由壳顶至腹缘逐渐粗壮。壳表面土黄色，带有深棕色斑点或条纹。壳内面灰白色，具珍珠光泽。壳腹缘呈唇形加厚。铰合部宽，左右壳各具 3 个主齿。两个闭壳肌痕约等大，前闭壳肋痕卵圆形，后闭壳肌痕略呈梨形。外套痕明显，外套窦不深，近呈三角形。

分布与习性　夹河口、崆峒岛等泥沙岸可采到，为黄渤海潮间带习见种。生活在潮间带上、中区粗石砾滩，底下为泥沙，埋栖较浅。

经济意义　肉可供食用。肉及贝壳均可药用，功效同文蛤。因其生活在潮间带上、中区，易被采挖，因此成为群众赶小海的捕获对象。

图 3-96　江户布目蛤

70. 菲律宾蛤仔 *Ruditapes philippinarum*（图 3-97）

分类地位　双壳纲 Bivalvia；帘蛤目 Veneroida；帘蛤科 Veneridae。

形态特征　贝壳中等大，呈卵圆形，壳质坚厚，两壳极膨胀。壳长 25 ~ 64mm、高 21 ~ 37mm、宽 10 ~ 27mm。两壳大小相等，两侧不等。壳顶位于背缘靠前方。小月面宽，椭圆形或略呈梭形，楯面呈梭形。外韧带长，突出，黄褐色。背腹缘弧形，前缘稍圆，后缘略呈截形。壳面颜色及花纹变异多，通常为淡褐色、红褐色斑点或花纹。壳面同心生长线及放射肋细密，两端者较发达，呈布纹状。壳内面灰黄色，或带有紫色。铰合部细长，每壳各有 3 个主齿。前闭壳肌痕半月形，后闭壳肌痕圆形。外套痕明显，外套窦深，前端圆。

分布与习性 金沟寨、夹河口、崆峒岛、养马岛等泥沙岸均可采到，为我国沿海潮间带习见种。生活在从潮间带至10余米水深的海底，底质为沙或泥沙质，是广盐、广温、广分布种，其中有淡水流入波浪平静的内湾较多。潜入泥沙后，它的水管露在滩面上，留有2个小孔，相距3～6mm，退潮后，孔洞被泥沙盖住。栖息密度高。产卵期很长，以6～9月间最盛。

经济意义 肉味鲜美，群众多喜食之，天然产量高，是捕捞对象。肉及贝壳还可入药。已成主要养殖对象。

图 3-97 菲律宾蛤仔

71. 薄壳绿螂 *Glauconome primeana*（图 3-98）

分类地位 双壳纲 Bivalvia；帘蛤目 Veneroida；绿螂科 Glauconomidae。

形态特征 贝壳小，呈长椭圆形，壳质较薄。贝壳大者长32mm、高20mm、宽14mm。两壳大小相等，两侧不等。壳顶位于背缘靠前方。小月面和楯面不明显，有外韧带。背缘自壳顶向两侧稍斜，前缘圆，后缘近截形，腹缘前方微显中凹。壳面自壳顶至腹缘有一条不明显的缢痕，生长轮纹细密，具有明显的生长褶痕，并被黄褐色或绿褐色的易脱落的壳皮，壳皮脱落后壳面呈灰白色。壳内面白色，略具光泽。铰合部窄，两壳各具主齿3枚，无侧齿。前闭壳肌痕袋形，后闭壳肌痕洋梨形。外套痕明显，外套窦深，舌状，延伸至壳顶的下方。

分布与习性 夹河口泥沙岸可采到。生活在有淡水注入的潮间带沙或泥沙中。

经济意义 肉可食，也可作为对虾的饵料，或鸡、鸭的饲料。

图 3-98　薄壳绿螂

72. 砂海螂 *Mya arenaria*（图 3-99）

分类地位　双壳纲 Bivalvia；海螂目 Myoida；海螂科 Myidae。

形态特征　贝壳大，长卵形，壳质厚。壳长 54 ～ 106mm、高 32 ～ 66mm、宽 20 ～ 37mm。贝壳前缘钝，后缘略尖，两壳不能完全闭合，壳的前、后端开口。壳顶较低平，偏前方，到前端的距离约为壳长的 1/3，两壳顶紧接。无小月面及楯面。壳表面被有薄的褐色壳皮，壳皮极易脱落，露出灰白色壳质。壳面无放射肋，生长线粗糙，凹凸不平。壳内面为白色，略有光泽。铰合部极窄，左壳壳顶内面有 1 个向右壳顶下方伸出的匙形薄片，右壳的壳顶下方有一卵圆形的凹陷，与前者共同形成韧带槽，内韧带附着其中。前闭壳肌痕狭长，上端尖细；后闭壳肌痕圆形。外套窦深而宽大，前端圆，伸展到壳长的 3/5 处。水管极长，伸展时为壳长的 3 ～ 4 倍。

分布与习性　夹河口、崆峒岛等泥沙岸可采到，为北半球沿海常见种。生活于潮间带至水深 10 m 的浅海海底，在沙泥中营埋栖生活，水管末端露出滩面，形成"8"字形孔穴。

经济意义　肉味鲜美，尤其是其发达的水管是海味中的珍品。美国等国家已开展人工养殖。

图 3-99　砂海螂

73. 脆壳全海笋 *Barnea manilensis*（图 3-100）

分类地位　双壳纲 Bivalvia；海螂目 Myoida；海笋科 Pholadidae。

形态特征　贝壳中等大小，呈长椭圆形，壳薄而脆。壳长 40 ～ 54mm、高 16 ～ 22mm、宽 16 ～ 22mm。壳前端膨大，后端渐尖瘦，前后端均开口，前端腹面开口大。壳顶位于背面近前端，其前端的背缘向外卷曲，形成副壳中原板的附着面。壳面白色，有排列较紧密的纵肋，呈波纹状，放射肋只在前部有，与纵肋相交处形成小突起或较长的波纹。原板为卵圆形，前端较尖，后端成截形，上面有同心环状的生长线。壳内面白色或灰白色。铰合部无齿和韧带，左、右两壳各具有一个突起的较大交接面，壳内柱细长。前闭壳肌痕在壳顶前端背缘卷曲部分，不甚明显；后闭壳肌痕长，略呈三角形。外套窦极深而大，圆形，前端可达壳顶之后。水管较短，伸展时不超过贝壳长度，黄白色，末端为深棕色。

分布与习性　东炮台、夹河口等沿岸可采到。生活在潮间带中区和低潮线附近，穴居于近风化的石灰石中，又叫凿穴蛤。满潮时水管伸出觅食。7 ～ 8 月份产卵，卵子在海水中受精发育，幼虫在海水中遇到合适的岩石后即开始穿岩。

经济意义　肉肥美，可食用，但因采集困难，数量不多，故很少利用。

图 3-100　脆壳全海笋

74. 宽壳全海笋 *Barnea dilatata*（图 3-101）

分类地位　双壳纲 Bivalvia；海螂目 Myoida；海笋科 Pholadidae。

形态特征　贝壳大，高而短，薄脆。一般壳长 88mm、高 52mm、宽 46mm。两壳大小相等，两侧稍不等。壳前端尖，后端呈截形。壳的宽度前后近等。壳顶靠近前方，在壳顶前面、两壳之间有一长椭圆形的原板。贝壳表面白色，不平滑，其上具有与壳顶成同心环形排列的波状纵肋。纵肋整齐而稀疏，位于前端腹缘者发达，具有棘刺，与自壳顶向上腹缘分布的放射肋相互交叉，形成许多小粒状的突起。贝壳后端背部无肋，只有较细的生长纹。原板楯形，前端尖而后端向腹面弯曲，中部有一中央沟，并有由后至前的环状生长纹。壳内面白色。铰合部无齿和韧带，壳内柱片状。肌痕不明显。外套膜两点愈合。水管发达，尖锥状，呈棕褐色，两水管愈合而仅在外表留一分界沟。

分布与习性　夹河口、养马岛等泥岸可采到。生活在潮间带的下区至低潮线以下的浅海软泥内，穴居，可潜入泥中很深，尤喜栖息在入海的河口附近。

经济意义　肉肥嫩味美，可供食用，集市有售。

图 3-101　宽壳全海笋

75. 渤海鸭嘴蛤 *Laternula marilina*（图 3-102）

分类地位　双壳纲 Bivalvia；笋螂目 Pholadomyoida；鸭嘴蛤科 Laternulidae。

形态特征　贝壳中等大，长卵圆形，壳质薄脆。壳长 36～53mm、高 16～27mm、宽 12～19mm。左右两壳相等或左壳稍大于右壳。闭合时，前、后端开口。壳顶稍突出，位于背缘中部，先端向内弯曲。两壳顶紧接，各具一长形横裂。壳表面平滑，具较粗的生长线，无放射肋。壳表面白色，前端与腹缘染有铁锈色。壳内面白色。铰合部无齿，两壳的顶穴伸出一匙形突起，即韧带槽，前方有一"V"形石灰片，其两个角伸向两壳的顶穴，其底部与韧带相连。前闭壳肌痕长形，后闭壳肌痕圆形。外套痕不清楚，外套窦宽大呈半圆形。水管粗大，具棕褐色角质外皮。

分布与习性 夹河口、养马岛等泥沙岸可采到，为我国南北沿海习见种。生活在浅海泥沙质海底，从潮间带中区到20m深处均有发现。在泥沙中埋栖深度约10mm。出、入水管愈合成一个露出滩面，故退潮时在海滩上留下椭圆形洞口。受惊后，水管向下缩，同时往外喷水。

经济意义 肉可供食用，但产量不高。也可以作为养殖对虾的饵料，以及鸡、鸭的饲料。

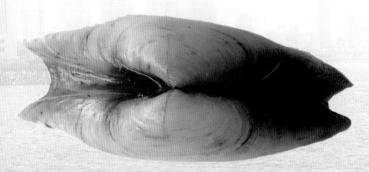

图 3-102　渤海鸭嘴蛤

76. 日本枪乌贼 *Loligo japonica*（图 3-103）

分类地位 头足纲 Cephalopoda；枪形目 Teuthoidea；枪乌贼科 Loliginidae。

形态特征 俗名笔管、笔管蛸。体较小，胴部细长，胴长约为胴宽的4倍，较大个体的胴长为120 mm。体表具大小相间的圆形紫褐色色素斑，胴背面更多。鳍宽，呈三角形，位于胴的后部两侧，长超过胴长的1/2，后部内弯，两鳍相接呈纵菱形。无柄腕的长短不等，腕式3>4>2>1，吸盘2行，吸盘角质环具宽板齿7、8个。触腕长超过胴长，触腕穗吸盘4行，中间的吸盘较大，大吸盘角质环具宽板齿20个左右，小吸盘角质环具很多大小相近的尖齿。内壳透明角质，披针叶状，后部略狭，中轴粗壮，边肋细弱，叶脉细密。

分布与习性 芝罘湾内用底拖网等可捕获，水产品市场常有销售。生活在近海，属浅海性种类，春季进行生殖洄游，游泳力较弱，常随潮流进入近岸设置的张网中而被捕获，为北方沿海习见种。5、6月为繁殖盛期，以毛虾等小虾、小鱼为食，其本身又为鱼的饵料。

经济意义　肉质鲜嫩，鲜食、干制均佳，也是对外出口的水产品之一。肉亦可药用，主治腰肌劳损、风湿腰疼、肌肉痉挛、产后体虚、小儿疳积、白带等症。为黄海中主要捕获对象之一，年产量曾近万吨。

图 3-103　日本枪乌贼

77. 火枪乌贼 *Loligo beka*（图 3-104）

分类地位　头足纲 Cephalopoda；枪形目 Teuthoidea；枪乌贼科 Loliginidae。

形态特征　俗名"海兔子"。体小，胴部圆锥形，胴长约为胴宽的 3 倍，较大个体胴长 50～70mm。体表具点状色素斑。鳍长超过胴长的 1/2，后部较平，两鳍相接略呈纵菱形。无柄腕长度不等，腕式 3>4>2>1，吸盘 2 行，吸盘角质环具宽板齿 4、5 个。触腕长一般超过胴长，触腕穗吸盘 4 行，大吸盘和小吸盘角质环均具很多大小相近的尖齿。内壳角质，披针叶状，后部略圆，中轴粗壮，边肋细弱，叶脉细密。

分布与习性　芝罘湾沿岸张网即可捕获，拖网对其捕获率较高，在黄渤海习见。春、夏季水产品市场常有销售。沿岸性种类，春季集群进行生殖洄游，产卵场多在内湾，胴长 50mm 的雌体已怀成熟卵。游泳能力弱，行动常受风向和海流的影响。主要捕食糠虾、毛虾等，本身又是鱼类的天然食饵。

经济意义　肉质鲜嫩味美，群众喜食，多鲜食。春季上市鲜销较多，其他季节也有渔获，但体小肉薄。此种是渤海中产量最大的枪乌贼。

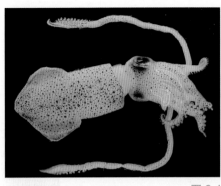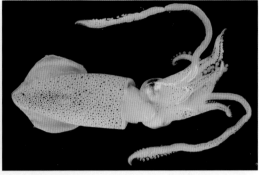

图 3-104　火枪乌贼

78. 太平洋褶柔鱼 *Todarodes pacificus*（图 3-105）

分类地位　头足纲 Cephalopoda；枪形目 Teuthoidea；柔鱼科 Ommastrephidae。

形态特征　俗名鱿鱼。体大，胴部圆锥形，胴长 252mm，约为胴宽的 4.5 倍。体表具大小相间的圆形褐黑色素斑。漏斗陷前部浅穴两侧不具小囊。鳍位于胴的后部两侧，较短，鳍长约为胴长的 1/3，两鳍相接略呈横菱形。无柄腕长度相近，腕式 3>2>4>1，腕吸盘 2 行，吸盘角质环部分具尖齿。触腕穗吸盘 4 行，中间 2 行大，大吸盘角质环具尖齿与半圆形齿相间的齿列，触腕柄顶部具 2 行稀疏的

图 3-105　太平洋褶柔鱼

吸盘，交错排列。内壳角质，狭条形，中轴细，边肋粗，后端具 1 条中空的狭纵菱形"尾椎"。

分布与习性　芝罘湾内用柔鱼钓、底拖网等可捕获，水产市场常有销售。生活在中上层，游泳较快，喜集群，有趋光性，通常白天下沉，夜间上浮。生长快，1 年左右胴体可达 266 ～ 300mm，1 年内性成熟，寿命也约为 1 年。主要以中、上层甲壳类、鱼类为食。

经济意义　营养丰富，100g 鲜品约含蛋白质 15 ～ 18g。除鲜食外，尤其适于干制、烧烤等加工，为黄海中的重要经济种类，年捕获量曾达几千吨，在海鲜市场上占有重要位置。

79. 短蛸 *Octopus ocellatus*（图 3-106）

分类地位　头足纲 Cephalopoda；八腕目 Octopoda；蛸科 Octopodidae。

形态特征　体较小，胴部呈卵圆形或球形，体表有密集的粒状突起。生活时体褐黄色，在背面两眼之间有一纺锤形或半月形褐色斑纹，在每一眼的前方，第 2 至第 3 腕的区域内各有一椭圆形金色圈，圈径与眼径相近。短腕型，腕长约为胴长的 4、5 倍。各腕长度接近，基部粗，端部尖细，吸盘 2 行。雄性右侧第 3 腕茎化，端器小，圆锥形，约为全腕长的 1/10，两侧皮肤向腹面卷曲形成纵沟。漏斗发达，呈尖筒形，漏斗器"W"形。内壳退化。

分布与习性　东炮台、夹河口、金沟寨、崆峒岛、养马岛等岩岸或沙岸均可采到，黄渤海习见。沿岸底栖种类，春季产卵，产卵场水深 5 ～ 20m，底质砂砾，卵白色似大米粒，故有饭蛸之称。喜在洞穴内、牡蛎壳或红螺壳内产卵，渔民用长绳将红螺壳穿成串沉入海内诱捕。短蛸有钻沙隐蔽的习性，动作敏捷，仅露两个眼睛和漏斗口在沙面。

图 3-106　短蛸

经济意义　肉供食用，鲜食或干制均佳。黄渤海产量较大，为捕捞对象。

80. 长蛸 *Octopus variabilis*（图 3-107）

分类地位　头足纲 Cephalopoda；八腕目 Octopoda；蛸科 Octopodidae。

形态特征　体大，胴部长椭圆形，头部窄，眼小。胴部表面光滑，紫褐色，背部色深，腹部色淡。长腕型，腕长约为胴长的 7、8 倍，腕基部粗，逐渐尖细，横切面略呈四方形，各腕的长短差距较大，其长短的顺序为 1>2>3>4，吸盘除基部 4、5 个为单行外，其余均为双行排列。雄体右侧第三腕茎化，腕顶具端器，大而明显，匙状，两侧边缘向腹面卷曲，形成一长形的沟。内壳退化。

分布与习性　东炮台、金沟寨、崆峒岛、养马岛等岩岸可采到，黄渤海习见。生活在从潮间带至 70m 水深的泥沙质或岩石海底，常在浅海岩礁石块间采到，如遇人捕捉，则以腕吸石上而拒人采捕。冬季穴居泥沙中，洞穴深约 30～60cm，潮退后，洞穴周围常有腕时伸时缩的痕迹可供辨认，有时也可看见其腕在洞外面活动。

经济意义　肉质鲜美，可鲜食或干制后食用，但肉质较硬。也可作为钓鱼的良好钓饵。

图 3-107　长蛸

八、节肢动物门 Arthropoda

节肢动物体异律分节，附肢具关节，体表被几丁质外骨骼，常分为头、胸、腹三部分。神经系统为典型的链式神经系，具脑、围食道神经环及食道下神经节、腹神经索。成体体腔为混合体腔。开管式循环系统，心脏及背血管位于消化管的背面。

节肢动物门是动物界中的第一大门，现存的种类在 100 万种以上，占整个动物界总种数的 80% 左右。其分布广泛，占据各种生境，无论在海洋、淡水、土壤、动植物体内外，甚至在大气中皆有其踪迹。

（一）甲壳动物亚门主要类群的外形特征（图 3-108 ～图 3-110）

甲壳动物是比较原始的水生节肢动物，包括的种类很多，已发现约 3 万种。这类动物形态构造复杂，变化很大，因常有坚硬的外壳，故名甲壳动物。其主要特征有：体分节，胸部有些体节同头部愈合，形成头胸部，上被覆坚硬的头胸甲。每个体节几乎都有 1 对附肢，且常保持原始的双肢形。触角 2 对，大颚 1 对，小颚 2 对。用鳃呼吸。

甲壳动物主要栖息于海洋中及淡水如江河、湖泊、水库、沟渠中，较少栖居于沼泽地，还有少数为陆栖。

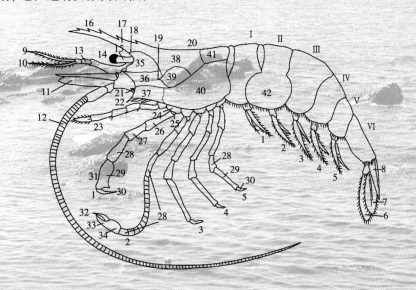

图 3-108　虾类图解

1 ～ 5. 步足及腹肢；6. 尾肢外肢；7. 尾肢内肢；8. 尾节；9. 第 1 触角上触鞭；10. 第 1 触角下触鞭；11. 第 2 触角鳞片；12. 第 2 触角鞭；13. 第 1 触角柄；14. 角膜；15. 眼柄；16. 额角；17. 额区；18. 眼上刺；19. 肝刺；20. 头胸甲；21. 鳃甲刺；22. 颊刺；23. 第 3 颚足；24. 底节；25. 基节；26. 座节；27. 长节；28. 腕节；29. 掌节；30. 指节；31. 亚螯；32. 螯的活动指；33. 螯的不动指；34. 螯的掌部；35. 眼区；36. 鳃甲区；37. 颊区；38. 胃区；39. 肝区；40. 鳃区；41. 心区；42. 侧甲；Ⅰ ～Ⅵ. 腹节

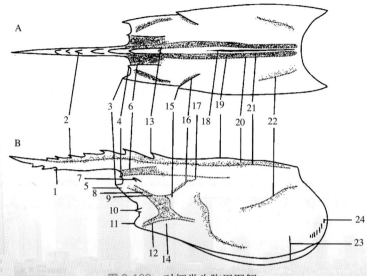

图 3-109　对虾类头胸甲图解

A.背面；B.侧面

1.额角下缘齿；2.额角上缘齿；3.触角刺；4.眼上刺；5.触角脊；6.额胃脊；7.眼后刺；8.眼眶触角沟；9.眼胃脊；
10.触角刺；11.颊刺；12.肝沟；13.胃上刺；14.肝脊；15.肝刺；16.颈沟；17.纵缝；18.中央沟；19.额角后脊；
20.额角侧脊；21.额角侧沟；22.心鳃脊；23.横缝；24.响脊

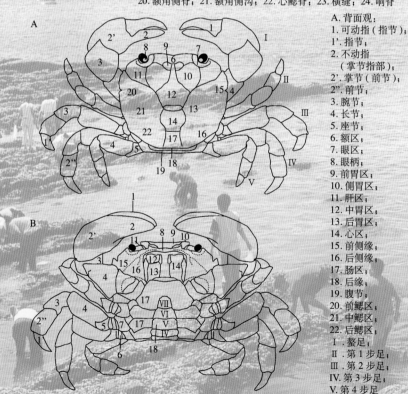

A.背面观：	B.腹面观：
1.可动指（指节）；	1.可动指（指节）；
1'.指节；	1'.指节；
2.不动指	2.不动指
（掌节指部）；	（掌节指部）；
2'.掌节（前节）；	2'.掌节；
2".前节；	2".前节；
3.腕节；	3.腕节；
4.长节；	4.长节；
5.座节；	5.座节；
6.额区；	6.基节；
7.眼区；	7.底节；
8.眼柄；	8.口前部；
9.前胃区；	9.第1触角；
10.侧胃区；	10.第2触角；
11.肝区；	11.下眼区；
12.中胃区；	12.长节；
13.后胃区；	13.座节；
14.心区；	14.第3颚足；
15.前侧缘；	15.下肝区；
16.后侧缘；	16.颊区；
17.肠区；	17.胸部腹甲；
18.后缘；	18.腹部（雄）；
19.腹节；	Ⅳ.第4腹节；
20.前鳃区；	Ⅴ.第5腹节；
21.中鳃区；	Ⅵ.第6腹节；
22.后鳃区；	Ⅶ.第7腹节
Ⅰ.螯足；	
Ⅱ.第1步足；	
Ⅲ.第2步足；	
Ⅳ.第3步足；	
Ⅴ.第4步足；	

图 3-110　蟹类图解

（二）甲壳动物亚门常见种类

1. 东方小藤壶 *Chthamalus challengeri*（图 3-111）

分类地位　甲壳动物亚门 Crustacea；蔓足纲 Cirripedia；围胸目 Thoracica；小藤壶科 Chthamalidae。

形态特征　壳长径 12mm，高 6mm，呈圆锥形。壳表灰白色，受侵蚀后呈暗灰色。壳内面紫色。壳光滑或不规则起肋，板缝清楚，壳口呈四边形。吻板两侧只有翼部被吻侧板覆盖。楯板横长三角形；关节脊突出，其长度不超背缘之半；闭壳肌窝深，闭壳肌脊短而强；侧压肌窝清楚。背板呈楔形，上部宽，下部窄。侧压肌脊 2 ～ 4 条。

分布与习性　烟台山、东炮台、金沟寨、崆峒岛和养马岛等处均可采到。分布于岩岸的高潮带，能忍耐长时间、周期性干燥环境。多群栖，常附着于岩石、船舶或其他动物如鱼、虾、贝的身上。

经济意义　常损坏船底或影响水产生产，是典型的污损生物，但其幼体是幼鱼良好的天然饵料。

图 3-111　东方小藤壶

2. 白脊藤壶 *Balanus albicostatus*（图 3-112）

分类地位　甲壳动物亚门 Crustacea；蔓足纲 Cirripedia；围胸目 Thoracica；藤壶科 Balanidae。

形态特征　壳呈圆锥形，密集生长的个体呈圆筒形，顶缘与壳底相平行。峰吻直径 18 ～ 20mm，高 12 ～ 14mm。壳口稍展开，略呈五边形，楯板表面有显著的生长线，中央部稍微低陷而呈暗紫色，关节脊长而宽，其长度约为背缘之半。背板三角形，外表生长脊清楚，底缘斜，距粗短，末端斜钝，在距基与基峰角间的底缘多凹凸不平。壁板较宽阔，本部具有许多粗细不等的白色纵肋，靠近基部的纵肋宽而明显，肋间呈暗紫色。壳表面常被藻类侵蚀，因此纵肋有时模糊不清，肋间紫色也不明显而全呈灰白色。年幼个体，肋多不明显。壳壁内部具有与纵肋相对应的纵隔和管道。幅部稍宽，表面具平行横纹。蔓足6对，双肢型，蔓状，各节均被刚毛，第3蔓足刚毛呈锯齿状。雌雄同体，交接器长于第6蔓足。

分布与习性 东炮台岩岸、烟台山岩岸、夹河入海口岩礁带、养马岛岩岸等处均可采到，营固着生活，群栖于潮间带岩石、贝壳、码头、浮木、船底上，常形成白色的藤壶带，与小藤壶一起构成潮间带岩岸的优势种。能耐受长期的干燥，适于低盐度地区，水质澄清处分布较多。在潮涨时，蔓足节律性前后摆动以滤食水中的微生物，潮退时紧闭壳板避免水分蒸发。

经济意义 肉和壳可入药，制酸止痛，解毒疗疮。

图3-112 白脊藤壶

3. 拟棒鞭水虱 *Cleantiella isopus* （图3-113）

分类地位 甲壳动物亚门 Crustacea；软甲纲 Malacostraca；等足目 Isopoda；盖鳃水虱科 Idoteidae。

形态特征 体长20～30mm，宽约7mm。体扁平，前后宽度几相等。头部前缘中凹，底节板明显。腹部第1节分离，第2～3节在中央愈合，末端突出，呈钝三角形。第1触角柄短小，3节；第2触角柄5节，棒状，向后可伸达第3胸节。步足7对，形态相似，末端具爪。体呈淡黄色或黄褐色，背面常有白斑。

分布与习性　烟台东炮台、开发区夹河口、养马岛可采到。在石块下或海藻间爬行生活。

经济意义　无明显经济价值。

图 3-113　拟棒鞭水虱

4. 海岸水虱（海蟑螂）*Ligia exotica*（图 3-114）

分类地位　甲壳动物亚门 Crustacea；软甲纲 Malacostraca；等足目 Isopoda；海岸水虱科 Ligiidae。

形态特征　体棕褐色，背腹扁平，椭圆形，长 30～45mm，宽约 14mm，体长约为体宽的 2 倍。头部与第 1 胸节愈合为头胸部，较小，前端半圆形，长度仅为宽度的 1/2。复眼 1 对，黑色，位于头部两侧。第 1 对触角很不显著，只有 2 节。第 2 对触角很长，柄部 5 节，鞭部 35～45 节，向后伸可达到尾节。胸部 8 节，除第 1 节与头部愈合外，其余 7 节大小略等，能自由活动，各节侧板均明显，第 4～7 节的后侧角尖。胸足 7 对，均发达，形态相似，前 3 对较粗短向前，后 4 对向后，各肢的各节均具刺，适于爬行。腹部稍狭于胸部，由 6 节组成，第 1 节被胸部最后体节所掩盖。前 5 节附肢叶片状，外肢大，内肢小，主要用来呼吸。尾节后缘中部稍尖，尾肢细长，长度约为体长的 2/3，尾肢原肢长度约为宽度的 4 倍，末端分出细长呈棒状的内、外肢，伸向体后方，内肢长于外肢，且左右长度不相等，雌雄性亦有明显差异。

分布与习性　东炮台岩岸、烟台山岩岸、夹河入海口岩礁带、养马岛岩岸等地均可采到。集群生活，栖息于中高潮区和高潮线上的岩石间或海滩附近的建筑物内，爬行十分迅速，常潜入石缝内。水陆两栖，以陆栖为主，喜食藻类，常以紫菜、海带为食，为海产养殖业敌害之一。

经济意义　全体可入药、活血解毒、消积。

图 3-114　海岸水虱

5. 中国对虾 *Penaeus (Fenneropenaeus) chinensis*（图 3-115）

分类地位　甲壳动物亚门 Crustacea；软甲纲 Malacostraca；十足目 Decapoda；对虾科 Penaeidae。

形态特征　个体较大，体形侧扁。雌体长 18 ～ 24cm，雄体长 13 ～ 17cm。甲壳薄，光滑透明。额角细长，平直前伸。上缘基部 7 ～ 9 齿，末端尖细部分无齿；下缘 3 ～ 5 齿，但齿甚小。头胸甲额角后脊伸至头胸甲中部。第 1 触角上鞭长度约为头胸甲的 1.3 倍。前 3 对步足皆呈钳状，后 2 对步足爪状。雄性第 1 对腹肢的内肢形成钟形交接器；雌性在第 4 和第 5 步足基部之间的腹甲上具一圆盘状、中央有纵开口的交接器。生活时身体较透明，雌性呈微青蓝色，腹部肢体略带红色，生殖腺成熟前呈绿色，成熟后呈黄绿色，一般常称为青虾；雄性体色较黄，故称为黄虾。

分布与习性　主要分布于我国黄、渤海和朝鲜西部沿海。我国烟台、青岛、大连、北戴河、塘沽、连云港等地都可采到。本种生活于泥沙底的浅海，捕食小形甲壳类、小形双壳类软体动物、环节动物的多毛类，以及各种无脊椎动物的幼体，生活在黄海的群体有长距离洄游的习性。目前本种在我国沿海已进行养殖生产，且年产量已大大超过自然海域的捕捞量。

经济意义　肉质鲜美，营养丰富，并可加工制成虾干、虾米，为我国重要经济资源，是重要的出口水产品。

图 3-115　中国对虾（甲醛固定标本拍照）

6. 凡纳对虾 *Penaeus vannamei*（图 3-116）

分类地位　甲壳动物亚门 Crustacea；软甲纲 Malacostraca；十足目 Decapoda；对虾科 Penaeidae。

形态特征　成体大，最长可达 24cm。甲壳较薄，正常体色为浅青灰色，全身不具斑纹，步足常呈白垩状，故有白肢虾之称。额角尖端不超出第 1 触角柄的第 2 节，上缘齿 5～9 枚，下缘齿 2～4 枚。头胸甲较短，与腹部的比例约为 1：3；头胸甲具明显的肝刺及鳃角刺；额角侧沟短，到胃上刺下方即消失。第 1 触角双鞭，柄节较长，约为鞭节长度的 3 倍；内、外鞭长度大致相等，皆短小，但内鞭较外鞭纤细；正常情况下，第 2 触角鞭青灰色。前 3 对步足螯状，第 1～3 对步足的上肢十分发达，第 4～5 对步足无上肢，第 5 对步足具雏形外肢；腹部第 4～6 节具背脊；尾节具中央沟，但不具缘侧刺。雌虾不具纳精囊。

分布与习性　产于美洲太平洋沿岸水域，主要分布于秘鲁北部至墨西哥湾沿岸，以厄瓜多尔沿岸分布最为集中。1988 年 7 月，凡纳对虾由中国科学院海洋研究所从美国夏威夷引进我国；1992 年 8 月人工繁殖获得了初步的成功；1994 年通过人工育苗获得了小批量的虾苗；1999 年深圳天俊实业股份有限公司与美国三高海洋生物技术公司合作，引进美 SPF（无特定病原疾病）凡纳对虾种虾和繁育技术，成功地培育出了 SPF 凡纳对虾苗。凡纳对虾人工养殖生长速度快，尤其适合高密度集约化养殖，存活率高，收获规格整齐，60 天即可达上市规格；适盐范围广（0～40‰），可以采取纯淡水、半咸水、海水多种养殖模式，从自然海区到淡水池塘均可生长，从而打破了地域限制，是"海虾淡养"的优质品种；耐高温，抗病力强；食性杂，对饲料蛋白要求低，35% 的饲料蛋白即可达生长所需。

经济意义　是目前世界上三大养殖对虾（斑节对虾、中国对虾、凡纳对虾）

中单产量最高的虾种，是一种重要的经济种类，已广泛开展人工养殖。

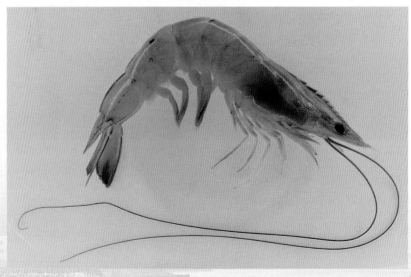

图 3-116　凡纳对虾

7. 鹰爪虾 *Trachypenaeus curvirostris*（图 3-117）

分类地位　甲壳动物亚门 Crustacea；软甲纲 Malacostraca；十足目 Decapoda；对虾科 Penaeidae。

形态特征　体形较粗短，长约 6~11cm，体重 4～5g。甲壳厚，表面粗糙不平，俗称厚壳虾。额角发达，雌性稍超出第 1 触角柄第 3 节之末，雄性伸至第 1 触角柄第 3 节末基部；额角平直、末端尖锐，稍向上弯，特别是雌性显著上弯；上缘齿 5～7 枚，无下缘齿。头胸甲具触角刺、肝刺、眼上刺，触角刺上方有一较短纵缝，自前缘伸至肝刺上方；颈沟不明显，肝沟较宽浅。第 1 触角内外鞭等长，约为头胸甲长的 1/2。第 2 触角鳞片窄长，伸至第 1 触角柄末端，鳞片末缘圆，外缘末端刺较长，与末缘相齐。5 对步足皆具外肢：第 1 步足具基节刺及较小的座节刺；第 2 步足只有基节刺；第 3 对步足最长，伸至触角鳞片末端；第 1、4 步足末端几乎相齐，伸至第 2 触角柄末端；第 5 步足较短，伸不到触角鳞片的末缘。腹部第 2～6 节背面具纵脊，第 2 腹节背面纵脊很短，第 6 节纵脊较高，脊的末端和该节下侧角有一小刺，第 6 腹节的长约为最大宽（高）的 1.1 倍。尾节较短，背面中央具纵沟，约为第 6 腹节的 1.2 倍，其后部两侧各具 3 个较小的活动刺。雄性交接刺对称，略呈"T"形，基部较宽，侧缘直，末端向两侧伸出翼状突起。雌性交接器由前后两片组成，前板略呈半椭圆形，前端尖，后部下陷，后板略呈方形，其前缘有"V"形缺刻，覆于前板之上。体棕红色，甲壳肉红色，腹部各节前缘白色，后缘为棕黄色，体弯曲时斑纹像鹰爪，故名"鹰爪虾"。

分布与习性　鹰爪虾喜欢栖息在近海泥沙海底，昼伏夜出，我国沿海均有分布，主要分布于威海、烟台海域。在养马岛泥沙岸、夹河入海口沙滩等处均可采到。黄渤海渔汛期为 6～7 月（夏汛）及 10～11 月（秋汛）。夏秋间在较浅处产卵，冬季向较深处移动。

经济意义　鹰爪虾出肉率高，肉味鲜美，为重要的经济虾类。可鲜食及制虾米，以鹰爪虾制成的海米俗称金钩海米，色味俱佳。

图 3-117　鹰爪虾

8. 鲜明鼓虾 *Alpheus distinguendus*（图 3-118）

分类地位　甲壳动物亚门 Crustacea；软甲纲 Malacostraca；十足目 Decapoda；鼓虾科 Alpheidae。

形态特征　体长 40～60mm。体圆粗，甲壳光滑，头胸甲光滑无刺。体具鲜艳、美丽的颜色和斑纹，头胸甲后部有 3 个棕黄色与白色纹相间，腹部各节背面有棕黄色纵斑。第 1 对步足为螯肢，左右两螯的大小及形状均不相同，雄性较雌性粗大。大螯的钳部完全超出第 1 触角柄末端，钳扁而宽，外缘厚；小螯短，指长，约为掌部长度的 2 倍左右，二指内缘弯曲，仅在末端合拢。

分布与习性　鲜明鼓虾是烟台浅海常见的虾类，在开发区夹河口常可采到。多穴居于低潮线的泥沙中。遇敌时开闭大螯之指，发出声音如击鼓，同时也射出一股水流来打击敌人。

经济意义　可鲜食或干制海米，但产量不大。

图 3-118　鲜明鼓虾

9. 日本鼓虾 *Alpheus japonicus*（图 3-119）

分类地位　甲壳动物亚门 Crustacea；软甲纲 Malacostraca；十足目 Decapoda；鼓虾科 Alpheidae。

形态特征　体圆粗，长 30~55mm。头胸甲光滑无刺，眼完全被头胸甲覆盖。额角稍长而尖细，额角后脊宽而短，不很明显。第 1 对步足特别强大，钳状，左右不对称，大螯窄长，其长约为宽的 3 ~ 4 倍，掌节为指节的 2 倍左右，掌节的内外缘在可动指基部后方各具一极深的缺刻，缺刻前方可动指的基部背腹面各具 1 枚短刺，背面自外缘缺刻向后有一长三角形的凹陷。小螯细长，长度等于或大于大螯；雄性小螯掌节长于指节，可动指背腹面外缘皆隆起呈脊状，二脊在末部汇合，故自外面观其形如药匙状，脊之内侧环以密毛；雌性小螯掌节与指节长度相等，指节细小不呈药匙状，毛稀疏；大、小螯掌节内侧末端各具一尖刺。第 2 步足细小，钳状，腕节分 5 节，其中第 1 节长于第 2 节。末 3 对步足爪状。尾节舌状，背面圆滑，无纵沟，具两对较强的活动刺。

分布与习性　潜伏生活于低潮线以下泥沙底的浅海中，与虾虎鱼有共生关系。在养马岛泥沙岸、夹河入海口沙滩等处均可采到。生活时身体背面为棕红色或绿褐色，腹部每节的前缘为白色。鼓虾遇敌时开闭大螯之指发出声响，声如小鼓，故称鼓虾，俗名咔板虾。鼓虾的繁殖期在秋季，卵产出后抱于雌性腹肢间直到孵化。

经济意义　可鲜食及制虾米。

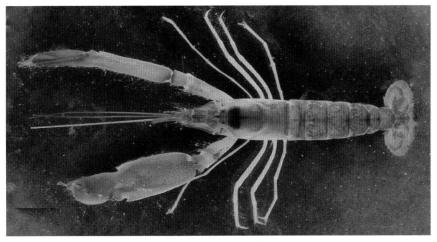

图 3-119　日本鼓虾

10. 锯齿长臂虾 *Palaemon serrifer*（图 3-120）

分类地位　甲壳动物亚门 Crustacea；软甲纲 Malacostraca；十足目 Decapoda；长臂虾科 Palaemonidae。

形态特征　体长 25 ~ 40mm，第 1 腹节的侧甲被第 2 腹节的侧甲部分覆盖。额角较短，其长度等于或稍短于头胸甲的长度。额角侧面较宽，末端平直，不向上弯，额角上缘齿 9 ~ 11 个，末端附近还有 1 ~ 2 个附加小齿；额角下缘齿 3 ~ 4 个。步足 5 对，第 1 对和第 2 对步足有螯，第 3 对步足无螯。第 1 对步足较小，第 2 对步足较长，末 3 对步足掌节后缘有明显的活动刺 4 ~ 6 个，指节短而宽。第 3 对步足掌节长约为指节长的 3 倍。腹部各节背面光滑无脊，仅第 3 节末部

图 3-120　锯齿长臂虾

中央稍隆起。体透明，头胸甲有纵行的棕褐色细纹，腹部各节有棕色纵横纹。繁殖期在 4 ～ 9 月，卵棕绿色。

分布与习性　生活于沙底或泥沙底的浅海，东炮台岩岸、烟台山岩岸、夹河入海口、养马岛泥沙滩可采到。常在低潮线附近水中的石隙间隐藏，退潮后极易找到。

经济意义　可食用，但产量不大。

11. 葛氏长臂虾 *Palaemon gravieri*（图 3-121）

分 类 地 位　甲壳动物亚门 Crustacea；软甲纲 Malacostraca；十足目 Decapoda；长臂虾科 Palaemonidae。

形态特征　体形较短，长 40 ～ 65mm。眼柄粗短，眼发达，角膜与眼柄等长。额角长约与头胸甲等长，上缘基部平直，末端 1/3 甚细，微向上方，上缘齿 12 ～ 17 枚，末端有 1 ～ 2 个小的附加齿，下缘齿 5 ～ 7 枚。头胸甲前侧角圆形无刺，触角刺及鳃甲刺大而明显，均伸出前缘之外，鳃甲沟明显。5 对步足均细长，前两对步足钳状，第 2 步足之钳较第 1 步足大。第 2 步足甚长，钳的指节与掌节等长，而短于腕节。末 3 对步足形状相似，均细长，掌节后缘不具小刺，指节细长。腹部第 3 ～ 5 节背面中央具纵脊，但不很明显。在第 3 和第 4 节间腹部弯曲。

分布与习性　生活于泥沙底质浅海，河口附近也有，在养马岛泥沙岸、夹河入海口沙滩等处均可采到。体透明，微带淡黄色，具棕红色斑纹，俗称红虾、桃红虾，繁殖季节在 4 ～ 5 月间，卵为棕绿色。

经济意义　可鲜食及制虾米，渤海沿岸各地置定网中常捕获，为经济虾类之一。

图 3-121　葛氏长臂虾

12. 脊腹褐虾 *Crangon affinis*（图 3-122）

分类地位　甲壳动物亚门 Crustacea；软甲纲 Malacostraca；十足目 Decapoda；褐虾科 Crangonidae。

形态特征　体长 40～70mm，甲壳较硬厚，粗糙不平，具短毛。额角窄长，末端与眼齐，其长度为头胸甲的 1/6。头胸甲及腹部均较细长。头胸甲微扁平，颊刺、肝刺及胃上刺均发达，触角刺略小。第 3 颚足较短，其末节长度约为宽的 6 倍，具外肢。胸部第 1 步足强大，半钳状，第 2 步足细小，腕不分节，第 3 步足细小，第 4、5 步足强大。胸部各对步足基间的腹甲上均有刺，其中第 2 步足间腹甲上的刺粗大，第 3～5 步足间的刺也较明显；雌虾抱卵期间第 1、2 步足间的刺无变化，但第 3～5 步足间刺消失。腹部第 3～6 节背面中央有明显的纵脊，第 6 腹节背面纵脊中央及尾节背面中央均下陷形成纵沟。第 6 腹节腹面有极深的纵沟，沟的两侧各有细毛 1 列。尾节尖细。

分布与习性　养马岛泥沙岸可采到。生活于沙底或泥沙底超过 40m 深水中。4～5 月间在近岸浅水处繁殖。体棕褐色，体侧颜色较浓，无固定花纹，极似海底砂砾。

经济意义　可鲜食及制虾米，卵可干制虾籽。

图 3-122　脊腹褐虾

13. 哈氏美人虾 *Callianassa harmandi*（图 3-123）

分类地位　甲壳动物亚门 Crustacea；软甲纲 Malacostraca；十足目 Decapoda；美人虾科 Callanassidae。

形态特征　体长25～50mm，无色透明，甲壳较厚处呈白色，其消化腺（黄色）及生殖腺（雌者为粉红色）均可由体外看到。头胸部圆形，稍侧扁，腹部平扁。额角不显著，末端圆形，不呈刺状。头胸甲后部1/4处有明显的颈沟，鳃甲线明显，贯穿整个头胸甲。第3对颚足的座节和长节很宽，呈盖状，可盖住口器。第1对步足极度侧扁，呈钳状，左右不对称，雌雄异形。雄虾大螯特别强大，甲壳坚厚，长节基部有大的齿状突起，掌节与腕节等宽，可动指内缘有2个大的突起，不动指甚弯曲，两指仅末端合拢。雌虾大螯比雄性小而细，掌节与腕节等长，可动指内缘微凸。小螯较细弱，指节稍长于掌节，雌雄虾相似。第2对步足左右对称，亦呈钳状，指节长于掌节。第3、4对步足简单。第5步足末端形成小钳，隐藏于掌节密毛之中。腹部第1节较窄，其他各节略宽于头胸甲。雄性第1腹肢短小，雌性第1腹肢细长，都不具内肢。雄性不具第2腹肢。第3至第5腹节有宽叶片状的附肢，并有内附肢，后部略向腹面卷曲。尾节方圆形，长大于宽，尾肢甚宽，外肢中部具1纵脊。

分布与习性　烟台开发区夹河入海口沙滩能采到，常穴居在沙底或泥沙底的浅海或河口附近，一般生活在潮间带中、下区，繁殖期在春、夏季。

经济意义　肉甚少，无大的经济价值。

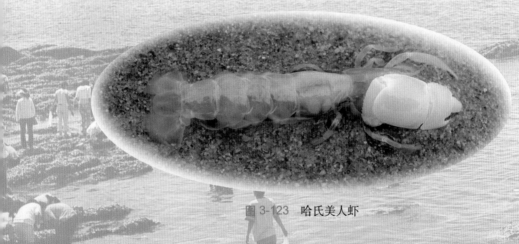

图 3-123　哈氏美人虾

14. 日本美人虾 *Callianassa japonica* （图 3-124）

分类地位　甲壳动物亚门 Crustacea；软甲纲 Malacostraca；十足目 Decapoda；美人虾科 Callanassidae。

形态特征　体长30～60mm，体形与哈氏美人虾极为相似。额角呈宽三角形，末端较尖。雄性第1对步足的大螯与前种不同，掌节显著短于腕节，其长度约为腕节的2/3，可动指内缘基部稍凸，不具宽大的突起。雌性的大螯腕节一般都较掌节稍长，与前种不易区别。其他各附肢形态与前种相似。

分布与习性　烟台开发区夹河入海口沙滩等处可采到。日本美人虾分布较前种更广，南方和北方都很常见。生活习性也与前种相似，在沙滩高潮区和泥沙滩中潮区都可生活。生活于沙滩者，穴孔略呈漏斗形，位于一圆形小沙丘中央，丘高 3 ～ 6mm，直径 40 ～ 80mm。漏斗口缘直径 5 ～ 10mm，漏斗底径 1 ～ 2mm。漏斗周围常出现辐射纹 3 ～ 5 条，是个体出外活动时附肢留下的痕迹。穴深 200mm 左右。在泥沙滩的穴孔不高出滩面，位于漏斗下陷的底部，漏斗口缘直径约 20mm，穴道深度较前者更深些。

经济意义　肉甚少，无大的经济价值。

图 3-124　日本美人虾

15. 泥虾 *Lamoedia astacina*（图 3-125）

分类地位　甲壳动物亚门 Crustacea；软甲纲 Malacostraca；十足目 Decapoda；泥虾科 Laomediidae。

形态特征　体长 50mm 左右。额角略呈三角形，末端钝，边缘有密毛。头胸甲背面的颈沟很浅，两侧有平行的鳃甲线，自头胸甲前缘伸至末缘。腹部窄而厚，稍侧扁，第 2 ～ 5 节侧甲板发达。尾节舌状，宽短。复眼较小。第 2 触角鳞片退化，为小片状能运动的突起。第 1 对步足螯状，左右对称，腕节短，略呈三角形，指节略短于掌节，两指内缘有细小的齿状突。其他 4 对步足简单。雄性缺第 1 对腹肢，雌性第 1 腹肢细小，单肢型。第 2 ～ 5 腹肢内外肢皆窄长，无内附肢。尾肢内外肢均宽，皆具横缝。体为土黄色或棕黄色，背面有时稍具蓝绿色。

分布与习性　自潮间带中区向下分布，常穴居于软泥或泥沙中，洞穴较深，烟台养马岛泥沙岸能采到。

经济意义 可食用，但经济价值不大。

图 3-125 泥虾

16. 日本寄居蟹 *Pagurus japonicus*（图 3-126）

分类地位 甲壳动物亚门 Crustacea；软甲纲 Malacostraca；十足目 Decapoda；寄居蟹科 Paguridae。

形态特征 居于空的螺壳中，头胸部较扁。眼柄长。第 1 对触角短，第 2 对触角长。第 1 对步足为螯足，上着生密毛，不对称，通常右螯较大，其长节及腕节背面略呈三角形，掌节四方形，背面高起，腕节及前节两缘有刺状突起。第 2、3 对步足无螯，各节扁平，具长毛，用以爬行。第 4、5 对步足退化，向上弯曲。腹部长，柔软，左右不对称，呈螺旋状，居于空的螺壳中，腹部甲壳仅有痕迹，存在于各节背面。腹部附肢仅右侧有退化的痕迹，但最后一对尾肢较发达，用尾肢及尾节固持身体在螺壳内。体色多为绿褐色。

分布与习性 东炮台岩岸、烟台山岩岸、夹河入海口岩礁带、养马岛岩岸等地均可采到。居于空的螺壳中，当动物体伸出螺壳时，第 4、5 对退化的步足攀附于壳口的边缘，用第 2、3 对步足爬行。

经济意义 可食用，全

图 3-126 日本寄居蟹

体亦可入药。

17. 解放眉足蟹 *Blepharipoda liberata*（图 3-127）

分类地位　甲壳动物亚门 Crustacea；软甲纲 Malacostraca；十足目 Decapoda；管须蟹科 Albuneidae。

形态特征　体青褐色。头胸甲扁平，长约 27mm，宽约 20mm。背面具小窝和颗粒。前缘具 3 个三角形齿，中央齿略小，为额角。前侧缘具 4 齿。眼柄细长柱状，分为两节。第 2 触角长于第 1 触角，两对触角鞭均具长毛。第 1 步足亚螯状，两侧等大，叶片状，侧扁，腕节前缘具 1 锐齿，掌节腹缘具 1 尖齿，可动指背缘具 2 齿。第 2 ~ 4 步足指节呈薄镰刀状。第 5 步足细长，亚螯状，折于头胸甲后侧缘。腹部左右对称，折于胸部下方。雄性第 6 腹节具 1 对尾肢。雌性除尾肢外，第 2 ~ 5 腹节各具 1 对附肢。

分布与习性　埋栖生活于浅水泥沙质海底，水管和附肢可露出，从海底表面获取新鲜海水和食物。夹河入海口沙滩、养马岛泥沙岸可采到。

经济意义　无大的经济价值。

图 3-127　解放眉足蟹

18. 日本平家蟹 *Heikea japonica*（图 3-128）

分类地位　甲壳动物亚门 Crustacea；软甲纲 Malacostraca；十足目

Decapoda；关公蟹科 Dorippidae。

形态特征　头胸甲略呈梯形，前窄后宽，宽度（约28.5mm）稍大于长度（约27.0mm），背面有大疣状突和许多沟纹，犹如我国古典戏剧中的武生脸谱，故称关公蟹，俗名鬼脸蟹。额窄，具2齿，内口沟隆脊不突出，背面看不到。内眼窝齿钝，外眼窝齿呈三角形，腹（下）内眼窝齿短，齿端指向外方。螯足细弱，不善打斗。雌性螯足对称，雄性较雌性大，对称或不对称。长节三棱形，稍弯曲。腕节短小。两螯对称者，掌节不膨肿，宽为长的2倍（沿掌部内缘测量），指节约为掌节长度的2.5倍；不对称者，较大螯足掌节十分膨肿，其长约为宽的2倍，指节为掌节长的2倍，较小螯掌节甚小，指节较长，大于掌节长的2.5倍。前2对步足瘦长，其长约为头胸甲长度的3.2倍，末3节有短毛，用来爬行。末2对步足短小，具短绒毛，位于背面，掌节后缘基部突出，具一撮短毛，指呈钩状。

分布与习性　东炮台岩岸、烟台山岩岸、夹河入海口岩礁带、养马岛岩岸等地均可采到。大多生活在潮间带至潮下带水深50～150m深的泥或泥沙质底，当大潮退尽之后，在一些浅水洼处可以发现它。靠第1、2对步足爬行，常用2条细小带钩的步足钩住贝壳边缘，托在背上，像把伞遮盖身体。有时它不动，躲在贝壳或叶片下。

经济意义　肉、壳均可入药，也可作为观赏种。

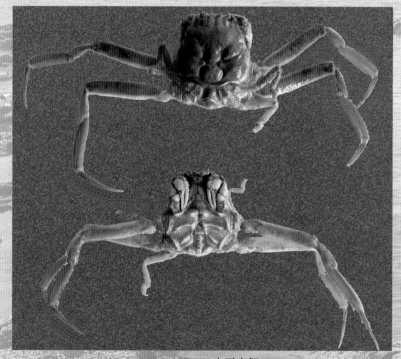

图3-128　日本平家蟹

19. 颗粒拟关公蟹 *Paradorippe granulata*（图 3-129）

分类地位　甲壳动物亚门 Crustacea；软甲纲 Malacostraca；十足目 Decapoda；关公蟹科 Dorippidae。

形态特征　全身除指节外均有密集粗颗粒。头胸甲长大于宽，前半部较后半部窄，分区明显，背面以鳃区的颗粒较为稠密。额分 2 个齿，且有绒毛。内眼窝齿短，而外眼窝齿突出，稍长于额齿。内口沟隆脊突出于额齿间，由背面可见；雌性螯足对称；雄性则常不对称，较大螯足掌部膨肿，其最大宽度为长度的 2 倍，不动指短，约为可动指的 1/2，两指内缘均有钝齿；较小螯足的掌部不膨肿，宽不足于长的 2 倍，不动指仅小于可动指，两指内缘也有钝齿。前 2 对步足甚长，第 2 对长于第 1 对，长节前缘有短刚毛。后 2 对足短小，有短软毛，末 2 节呈钳状。两性腹部均分为 7 节。雄性第 1 腹肢分 2 节：基节较长，基半部宽于末半部；后者逐渐趋窄，至末端强烈收缩，末节粗短，腹外侧呈钝圆形膨肿，末部有几枚几丁质突起。头胸甲长为 19.8mm，宽 21.5mm。

分布与习性　栖息于泥质沙、软泥或沙质碎壳海底水深 8 ~ 154m 处。全国沿海自北至南均可采获，朝鲜、日本及俄罗斯的海参崴也有分布。

经济意义　可食用，或作为家禽饲料，幼体是鱼类的天然饵料。

图 3-129　颗粒拟关公蟹

20. 球十一刺栗壳蟹 *Arcania novemspinosa*（图 3-130）

分类地位　甲壳动物亚门 Crustacea；软甲纲 Malacostraca；十足目 Decapoda；玉蟹科 Leucosiidae。

形态特征　头胸甲略呈圆形，背面有稀疏细颗粒，中部隆起，肝、鳃及肠区明显可辨。额厚而突出，其前缘中央由一 "V" 形缺刻分成 2 枚钝齿，末端呈圆形。头胸甲边缘共有 11 枚刺，刺的边缘又有小刺，每边的前 3 枚齿较小，后

5 枚较大。后缘两端的刺较宽而钝，呈三角形。第 3 颚足表面也具尖细颗粒，外肢瘦长，末端有少数刚毛。长节呈钝三角形，腹面中部凹，座节长为长节的 2 倍多，雌性近中线有一纵列刚毛，毛的内侧表面低凹而光滑，雄者无一纵列刚毛。螯足长节呈扁柱形，背面颗粒细小而稀少，尤以末半部的颗粒更甚。腕节略呈三角形，外缘的颗粒较粗。掌节的颗粒较细小，表面显得光滑，指节长于掌节，内缘有细齿，间有较大的齿。步足各节比较粗短，表面也较光滑。雄性腹部呈三角形，共分 5 节（第 3 ~ 5 节愈合），腹面有稀少颗粒。雌性腹部呈长卵圆形，分为 4 节（第 3 ~ 6 节愈合），腹面也有稀少颗粒。雄性第 1 腹肢呈微弯棒状，末部有长刚毛，末端几丁质部分较纤细。

分布与习性　夹河入海口、养马岛泥沙岸可采到，栖息于水深 28 ~ 120m 的细沙或泥沙海底。

经济意义　无大的经济价值。

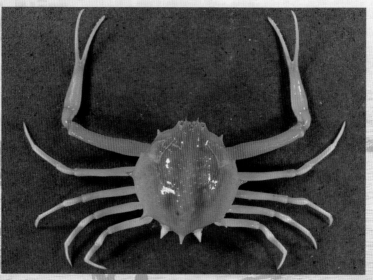

图 3-130　球十一刺栗壳蟹

21. 豆形拳蟹 *Philyra pisum*（图 3-131）

分类地位　甲壳动物亚门 Crustacea；软甲纲 Malacostraca；十足目 Decapoda；玉蟹科 Leucosiidae。

形态特征　头胸甲呈圆球形，长相有如一颗豆子。长度（26.2mm）稍大于宽度（25.4mm）。头胸甲十分坚厚，有"千人捏不死"的外号，表面隆起，具颗粒。额窄而短；前侧缘平直，后缘雄性比较平直，雌性比较突出。螯足强大，雄者比雌者大，长节呈圆柱形，背面基部及前后缘均密布颗粒，腕节的背、腹面隆起，内缘具粗糙颗粒，外缘具颗粒状隆线，掌节扁平。步足细长，近圆柱形，指节末端尖细。关节可以灵活弯曲，可以直行。雄性腹部呈锐三角形，雌性呈长卵圆形，两者腹部第 2～6 节均愈合。身体背面呈浅褐色或绿褐色，腹面为黄白色。

分布与习性 东炮台岩岸、烟台山岩岸、夹河入海口和养马岛泥沙岸均可采到。生活于浅水或泥质的浅海底，潮间带的平滩上也常见。潮退后多停留于沙岸有水处，爬行迟缓，遇到刺激时，螯足张开竖起，用以御敌。易于捕捉，有时在受到惊吓或攻击时也会装死。

经济意义 无大的经济价值。

图 3-131 豆形拳蟹

22. 红线黎明蟹 *Matuta planipes*（图 3-132）

分类地位 甲壳动物亚门 Crustacea；软甲纲 Malacostraca；十足目 Decapoda；馒头蟹科 Calappidae。

形态特征 体色浅黄，整个头胸甲背面密布由红点所连成的明显红线。头胸甲近圆形，但后部较窄，宽（约 37.8mm）稍大于长（约 36.2mm）。背面中部及两侧有 6 个不明显的疣状突起。额窄，中部向前突出，其前缘中央有一缺刻。前侧缘有不等大的齿状突起，侧缘中央部分向两侧各伸出一粗的尖刺。螯足强壮，掌节背缘具 3、4 个钝齿，外侧有 1 枚强壮的锐刺，内侧面的顶部有 2 个不等大而具刻纹的发声磨板，两指内缘具壮齿，可动指外侧面具一条有刻纹的隆脊。步足桨状，可助游泳，指节呈柠檬色，宽扁，末端尖。

分布与习性 夹河入海口沙滩低潮区可采到。受惊时，可以用末对步足在沙中挖穴，由后部先入而藏身。

经济意义 可食用，但经济价值不大。

图 3-132　红线黎明蟹

23. 中华虎头蟹 *Orithyia mammillaris*（图 3-133）

分类地位　甲壳动物亚门 Crustacea；软甲纲 Malacostraca；十足目 Decapoda；馒头蟹科 Calappidae。

形态特征　体深黄色，并有红色集团点，甲壳上的花纹近似虎头，故名虎头蟹。头胸甲近圆形，长（约90mm）稍大于宽（约88mm）。表面隆起，散有许多颗粒状突起，在前、中部特别显著。前侧缘有2个疣状突起，鳃缘具3个壮刺，后侧缘有3个强大的刺。鳃区各有1个紫红色乳斑，故中华虎头蟹又名乳斑虎头蟹。螯足左右不对称，长节外缘具1齿，腕节内末角具1锐齿，指节粗壮。第1～3对步足指节细长而尖。第4对步足呈桨状，用以游泳，指节完全扁平，卵圆形，后缘除末端外具长毛，末端成尖刺状。

分布与习性　此蟹为中国的特产，生活于浅海泥沙底，夹河入海口泥沙滩、养马岛泥沙岸可采到。

经济意义　可供食用，但产量不多，蟹黄、肉、壳可入药。

图 3-133　中华虎头蟹

24. 四齿矶蟹 *Pugettia quadridens*（图3-134）

分类地位　甲壳动物亚门 Crustacea；软甲纲 Malacostraca；十足目 Decapoda；蜘蛛蟹科 Majidae。

形态特征　头胸甲略呈三角形，前窄后宽，体密覆短绒毛、卷毛及棒状刚毛，在各种突起上刚毛特别明显。个体大小不等，长度（13.8～30mm）显著大于宽度（10.2～20mm）。头胸甲胃区上有2个前后并列的疣状突起。肝区的边缘具2齿，前后排列，前齿小、后齿大，故称四齿矶蟹。额角突起，向前伸出2个角状锐刺，成"V"形，内缘具长毛，背面覆以弯曲长毛。柄眼之前也有一尖刺。两侧缘第1步足处各有一向外伸的尖刺。螯足对称，但雄性螯足比雌性螯足强大，长节近方形，背面有4个带刚毛的疣状突起，指节较掌节略短。步足细长，常具软毛，第1对最长，向后各对渐短。

分布与习性　东炮台岩岸、烟台山岩岸、夹河入海口岩礁带、养马岛岩岸等地均可采到。生活于低潮带有水草的泥沙底，有时潜伏在具有海藻、泥沙岸边的岩石缝中，在海水养殖的网笼中也常见。其体色与周围环境及海藻的颜色一致，须仔细观察才能发现。

经济意义　全体可入药。

图3-134　四齿矶蟹

25. 扁足剪额蟹 *Scyra compressipes*（图3-135）

分类地位　甲壳动物亚门 Crustacea；软甲纲 Malacostraca；十足目 Decapoda；蜘蛛蟹科 Majidae。

形态特征　头胸甲长约 25mm，宽约 18mm，额分 2 齿，形如剪刀，扁而薄，故名剪额蟹。头胸甲呈三角形，背面隆起，分区甚明显，胃区大而圆，除中线有 3 枚（其中间一枚不明显）及两侧各有 1 枚小齿外，表面几乎光滑。肝区与眼窝缘相连，具 1 枚锐刺。心区及肠区中等隆起，各具 1 枚突起。鳃区具 3 枚排成一斜列的突起。头胸甲前侧缘与后侧缘之间具一大刺。眼前刺突出，尖锐，但很短。颊区有 3 枚小而锐的叶状齿。第 3 颚足长节短，基部窄，末部宽，外末角薄，向外侧突出，座节长大于宽，内末角呈圆形突出。螯足比步足粗壮，长节呈棱柱形，具 4 条隆脊，各脊薄锐，并有几枚突起，而腹外缘脊的突起不明显。腕节小，内缘脊突出，外侧面也有 2～3 条不规则的脊。掌节侧扁，光滑，边缘薄，内、外侧面中部隆起，指节光滑，合拢时无缝隙，内缘有 8～11 枚齿。步足各节边缘均有不规则的短毛、长毛和棒状毛，指节尖而弯，后缘毛下有 2 列小齿。两性腹部均分为 7 节。雄性第 1 腹肢瘦长，末端宽，分 2～3 叉。

分布与习性　夹河入海口泥沙滩、养马岛泥沙岸等地均可采到。栖息于水深 10～160m 的泥质沙、软泥或沙碎壳中。

经济意义　可食用，但无大的经济价值。

图 3-135　扁足剪额蟹

26. 三疣梭子蟹 *Portunus trituberculatus*（图 3-136）

分类地位　甲壳动物亚门 Crustacea；软甲纲 Malacostraca；十足目 Decapoda；梭子蟹科 Portunidae。

形态特征　头胸甲呈梭形，雌性较雄性大，雄性长 77～82mm、宽 149～188mm（包括侧刺）；雌性长 61～102mm，宽 132～221mm。额区有 4

个小齿。头胸甲稍隆起，表面具分散的颗粒，在胃区有1个、心区有2个较显著的疣状隆起。前侧缘有9个锯齿，最末一个长大，呈棘刺状，伸向外侧，使头胸甲形成梭状，故称三疣梭子蟹。胸足5对，第1对为发达的螯足，长节呈棱柱形，前缘具4个锐刺，雄性的掌节甚长，背面两隆脊的前端各具一刺，不动指外面中部有一沟，两指内缘均具钝齿。步足3对，末2节侧扁。第4对胸足呈桨状，长节、腕节均宽而短，掌节与指节扁平，各节边缘具短毛，适于游泳。腹部（蟹脐）扁平，雄性呈三角形，雌蟹呈圆形。生活时雄蟹背面茶绿色，雌蟹紫色，腹面均为灰白色，头胸甲及步足表面均有紫色或白色云状斑纹。

分布与习性　东炮台岩岸、烟台山岩岸、夹河入海口岩礁带、养马岛岩岸等地均可采到。性凶猛好斗，生活在沙质或泥沙底质的浅海，善于游泳，在海水中游泳能力很强，也会掘泥沙，常隐蔽在一些障碍物边或潜伏在沙下，仅以两眼外露以躲避敌害。退潮时，在沙滩上幼小者很多，遇刺激即钻入泥沙表层。4～10月为繁殖季节，可以在河口附近捕获大量抱卵母蟹，冬季迁居至较深的海区过冬。

经济意义　肉味鲜美，产量很高，是一种重要的大型经济蟹类，也是我国重要的出口畅销品之一；肉、壳亦可入药。

图 3-136　三疣梭子蟹

27. 日本蟳 *Charybdis japonica*（图 3-137）

分类地位　甲壳动物亚门 Crustacea；软甲纲 Malacostraca；十足目

Decapoda；梭子蟹科 Portunidae。

形态特征　头胸甲略呈扇形，雌性较大者头胸甲长约 48mm、宽约 73mm；雄性头胸甲长约 59.4mm、宽约 90mm；表面隆起，一般具软毛。额稍突，有 6 个齿，年幼个体齿较钝，成体则尖锐。头胸甲前侧缘呈弧状，有 6 个锯齿，前 3 齿突出，后 3 齿较锐。后侧缘近中部深凹，后侧缘钝圆形。螯足强大，不甚对称，长节前缘具 3 个大刺，腕节内末角具 1 个大刺，外侧面具 3 个小刺，掌节厚，2 指节较掌节长，表面有纵沟。步足 3 对，各节背、腹缘均有刚毛。第 4 对胸足掌节与指节均扁平呈桨状，适于游泳。生活时头胸甲与螯足表面呈深绿色或棕红色，两指外侧呈紫色，步足上面呈棕紫色，下面较浅，俗名赤甲红。

分布与习性　东炮台岩岸、烟台山岩岸、夹河入海口岩礁带、养马岛岩岸等地均可采到。生活于低潮线有水草或泥沙的海底，或潜伏石下，为潮间带最常见的种类。性凶猛，退潮后，多潜伏于石块下，双螯张开，准备进行防御。它是一种主要的食用海蟹，除网捕外，也可以用蚯蚓钓捕，还可用木筐内放鱼肉或其他动物尸体来诱捕。

经济意义　肉味鲜美，是一种中小型经济蟹类，肉、壳均可入药。

图 3-137　日本蟳

28. 双斑蟳 *Charybdis bimaculata*（图 3-138）

分类地位　甲壳动物亚门 Crustacea；软甲纲 Malacostraca；十足目 Decapoda；梭子蟹科 Portunidae。

形态特征　甲壳淡青色，腹部白色。头胸甲背面微隆起，密被短软毛及细颗粒。在前胃区、中胃区及后胃区各有一条横行明显的短颗粒脊。额区具 2 条横脊，前鳃区的一条横脊稍弯，并且是所有横脊中最长的。其他鳃区及心区无脊，在中鳃区各有一黑色小斑点，双斑蟳由此而得名。额前分 4 齿，呈钝圆形，中央一对较两侧的突出，低位。侧齿与背（上）内眼窝齿由一缺刻明显分开，眼窝缘具细锯齿及 2 条缝，腹（下）内眼窝齿突出，眼窝缘有细锯齿及 1 个缺刻。眼窝间隙被第 2 触角基节填塞。前侧缘包括外眼窝齿共有 6 齿，第 1 齿大，第 2 齿小，末齿斜向外上方，且稍长于前 5 齿。螯足稍不对称，长节前缘有 3 齿，后缘具 1 齿，背面末半部具鳞片颗粒。腕节背面及外侧面也有鳃片状颗粒，内末角具一长锐刺，外侧面有 3 小刺。掌背面近末部并立 2 小刺，基部 1 枚，背面颗粒明显，内、外侧面中部各有一纵行细颗粒脊。指节内缘各有大小不等的齿。第 4 步足为游泳足，长节后缘外末角具一锐刺。

分布与习性　东炮台岩岸、烟台山岩岸、夹河入海口岩礁带、养马岛岩岸等地均可采到。生活于水深 9 ～ 439m 的底质沙泥或碎壳的海底。

经济意义　可食用，肉、壳均可入药。

图 3-138　双斑蟳

29. 吕氏拟银杏蟹 *Paractaea rüppellii*　（图 3-139）

分类地位　甲壳动物亚门 Crustacea；软甲纲 Malacostraca；十足目 Decapoda；扇蟹科 Xanthidae。

形态特征　头胸甲呈横卵圆形，背面前 2/3 隆起甚高，后 1/3 低平，由许多光滑沟分成若干小区，各小区均有粗颗粒和成束的刚毛。前胃区有一条纵沟，内侧一个小区由 2 条横沟分开，中胃区较大。鳃区也分成几个小区，心区略呈菱形，肠区扁平。额弯向腹面。螯足粗壮，长节短，内侧面凹，光滑，外侧面具颗粒。腕大，末缘宽于基部，背面及外侧面密具粗颗粒及 2 条斜沟，内侧光滑。掌宽约为长的 2 倍，除内侧面光滑外，均有粗颗粒。两指呈咖啡色，末端呈匙状，内缘均有钝齿。步足粗短，各节具细颗粒，边缘有毛。雄性腹部瘦长，分为5节，第3～5节愈合，但节线可辨。尾节呈三角形。雄性第1腹肢弯向侧方，末端有小刺。头胸甲长约22mm，宽约29.5mm。

分布与习性　在烟台开发区夹河口可采到。栖息于潮间带至潮下带，多见于水深15～30 m处的沙质或岩石底部。

经济意义　肉可食用，但个体小，经济价值不大。

图3-139　吕氏拟银杏蟹

30. 圆豆蟹 *Pinnotheres cyclinus*（图3-140）

分类地位　甲壳动物亚门 Crustacea；软甲纲 Malacostraca；十足目 Decapoda；豆蟹科 Pinnotheridae。

形态特征　体软，甲壳未钙化，眼及眼窝十分小。头胸甲略呈圆形，宽稍大于长（长约8.3mm、宽约10mm），最大宽度位于第2对步足基部上方，前缘呈弧形，后缘波浪形，侧缘仅中部呈弧状突出，前侧缘和后侧缘均较斜直。额角窄，向腹面弯曲。第3颚足的座节与长节愈合，外缘拱形，内缘稍凹，有长刚毛，内角钝圆，具羽状毛；腕节末端很宽；掌节大，末端呈圆形；指节接于掌节内缘中部，瘦长，伸达掌节末端。螯足粗壮，掌节长度为宽的2倍，内缘有一列短毛，可动指稍长于不动指，基部有1枚齿，不动指基部有2枚小齿。4对步足均瘦长，不呈爪状，其中第1对较短，第3对最长，并且第3对步足的腕节比其他对步足的腕节长得多。前两对步足的指节短，无毛；后两对步足的指节较长，前缘有短毛。雌性腹部扁圆形，尾节末缘呈截形。

分布与习性　资料记载该种栖息于青蛤及文蛤的外套腔内，共生。但在菲律宾蛤仔和褶牡蛎体内都发现共生现象，图3-140所示即为采自褶牡蛎体内的标本。

经济意义　可食用，但经济价值不大。

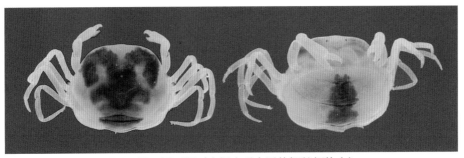

图 3-140　圆豆蟹（本标本采自活体褶牡蛎体内）

31. 痕掌沙蟹 *Ocypode stimpsoni*（图 3-141）

分类地位　甲壳动物亚门 Crustacea；软甲纲 Malacostraca；十足目 Decapoda；沙蟹科 Ocypodidae。

形态特征　头胸甲的宽度稍大于长度，略呈方形。长约 2cm、宽约 2.1cm。表面隆起，密布颗粒，胃区两旁有细纵沟。额窄，前端向下弯曲。眼大，长椭圆形，眼窝大而深，外眼窝齿锐而突，后侧方具一斜行颗粒隆线。两性螯足均不对称，腕节表面具颗粒，掌节扁平。步足除指节外，各节均有颗粒及褶襞。

分布与习性　烟台开发区夹河口数量较多。群集穴居于高潮线附近的沙滩上，穴道前段垂直于地面，后段倾斜。体色与沙色相似，不易分辨。由于步足较长，在沙面上奔跑行动敏捷，受惊后迅速遁入洞中。

经济意义　个体较小，无大的经济价值。

图 3-141　痕掌沙蟹

32. 宽身大眼蟹 *Macrophthalmus dilatatum*（图 3-142）

分类地位 甲壳动物亚门 Crustacea；软甲纲 Malacostraca；十足目 Decapoda；沙蟹科 Ocypodidae。

形态特征 头胸甲呈长方形，宽度约相当于长度的 2.5 倍。前半部明显较后半部宽。表面具颗粒，雄性比雌性更明显。前方两侧各有 2 条较深的横沟，前侧缘有 3 齿。额窄而突出。眼柄细长，长度约与体长相等，平时置于横沟形的眼窝中；眼窝背缘有颗粒，腹缘具一列锯齿。雄螯长大，两指间相合拢时，指间空隙较大。生活时体呈棕绿色，腹面及螯足棕黄色。

分布与习性 在烟台东炮台、开发区夹河口、养马岛均有分布，尤以养马岛数量较多。穴居于泥滩上，喜栖息于潮间带接近低潮线处，取食浮游生物。穴孔为长方形，一般宽 20 ～ 30mm。退潮后常出穴迅速爬行，其眼柄竖立，眼向各方嘹望，遇敌害时，即急驰入穴中，穴道内部是倾斜的。

经济意义 肉可食用，但个体小，经济价值不大。

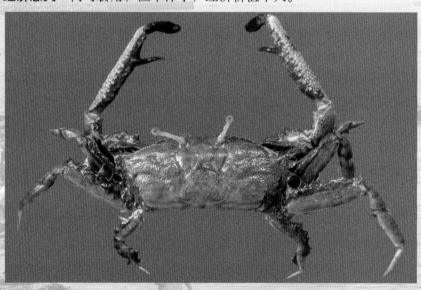

图 3-142 宽身大眼蟹

33. 日本大眼蟹 *Macrophthalmus japonicus*（图 3-143）

分类地位 甲壳动物亚门 Crustacea；软甲纲 Malacostraca；十足目 Decapoda；沙蟹科 Ocypodidae。

形态特征 头胸甲宽度（23 ～ 39mm）约相当于其长度（16 ～ 25mm）的 1.5 倍。表面多具颗粒及软毛。额较窄，稍向下弯，表面中部有一纵痕。眼柄细长，约为体长的一半，眼窝宽。雄螯长节的内侧面及腹面均密布短毛，两指间合拢时空隙很小。体色褐绿色。

分布与习性　在烟台东炮台、开发区夹河口、养马岛均有分布，尤以养马岛数量较多。穴居于低潮线的泥沙滩上。

经济意义　肉可食用，但个体小，经济价值不大。

图 3-143　日本大眼蟹

34. 圆球股窗蟹 *Scopimera globosa*（图 3-144）

分类地位　甲壳动物亚门 Crustacea；软甲纲 Malacostraca；十足目 Decapoda；沙蟹科 Ocypodidae。

形态特征　头胸部呈球形，头胸甲宽度（9 ~ 11.3mm）约为其长度（7 ~ 8.5mm）的 1.3 倍。背面隆起，除心区较宽而光滑外，其他部分具分散的颗粒。额窄，向下弯。眼窝大。各对足的长节外侧面均具一椭圆形鼓膜状结构，好似开了窗口一样。第 1 ~ 4 对足依次渐短，具微细颗粒及黑色长毛。甲壳背面黄褐色，颗粒呈淡黄色，间有细微的红棕色与黑褐色斑，甲壳腹面为鲜红色。

分布与习性　烟台开发区夹河口和金沟寨都能采到，尤以开发区夹河口数量较多。主要栖息于潮间带中、上区的细沙滩上。圆球股窗蟹在沙滩上穴居，洞口为圆形，直径约 8 ~ 20mm，洞穴不是垂直的，洞口外常有很多粒状沙球，形似米粒，故又称捣米蟹、喷沙蟹。

经济意义　个体较小，无大的经济价值。

图 3-144　圆球股窗蟹

35. 肉球近方蟹 *Hemigrapsus sanguineus*（图 3-145）

分类地位　甲壳动物亚门 Crustacea；软甲纲 Malacostraca；十足目 Decapoda；方蟹科 Grapsidae。

形态特征　头胸甲略呈方形，宽度（24～33mm）大于长度（22～28mm）。前半部稍隆起，表面有颗粒及红色斑点；后半部稍平坦，颜色亦较浅。前鳃区前缘有 4 个小而浅的凹点。额较宽，其宽度差不多是头胸甲宽度的一半。眼窝下脊长，由许多小颗粒排列而成。雄性螯足比雌性大，背面具血红色斑点，长节内侧面近腹缘的末端有一发音隆脊。雄性两指间的空隙较雌性大，基部之间有一膜质隆起，似肉球，雌性无。

分布与习性　烟台东炮台、金沟寨、开发区夹河口、崆峒岛等处都可采到。生活于低潮线的岩石下或石缝中，数量较多。

经济意义　肉可食用，但个体小，经济价值不大。

图 3-145　肉球近方蟹

36. 绒毛近方蟹 *Hemigrapsus penicillatus*（图 3-146）

分类地位 甲壳动物亚门 Crustacea；软甲纲 Malacostraca；十足目 Decapoda；方蟹科 Grapsidae。

形态特征 甲壳略呈方形，前半部较后半部宽。表面具细凹点，前半部隆起，具颗粒，胃、心域间有"H"形沟，额较宽。雄性螯足两指基部内外密布绒毛，但雌蟹或幼蟹则无。第 2 对步足最长，长节背缘近末端处具一齿。第 4 对步足最短。

分布与习性 烟台东炮台、养马岛、金沟寨、开发区夹河口都有分布。生活在海边岩石下或石缝中，有时在河口泥滩上。在潮间带以上、中区最多。

经济意义 肉可食用，但个体小，经济价值不大。

图 3-146 绒毛近方蟹

37. 平背蜞 *Gaetice depressus*（图 3-147）

分类地位 甲壳动物亚门 Crustacea；软甲纲 Malacostraca；十足目 Decapoda；方蟹科 Grapsidae。

形态特征 头胸甲光滑而低平，前部较后部宽，长 16 ~ 20mm，宽 19 ~ 25.6mm。前侧缘各具 3 齿，在壳中部有一短而显著的横沟。螯足雄比雌大，雄性两指间空隙较大，雌性可动指内缘近基部处有显著的齿状突起。体青灰色

图 3-147 平背蜞

或灰褐色。

分布与习性 烟台东炮台、金沟寨和崆峒岛均可采到。生活于低潮线岩岸石隙中或石块下。

经济意义 肉可食用，但个体小，经济价值不大。

38. 天津厚蟹 *Helice tientsinensis*（图 3-148）

分类地位 甲壳动物亚门 Crustacea；软甲纲 Malacostraca；十足目 Decapoda；方蟹科 Grapsidae。

形态特征 头胸甲矩形，宽大于长，背面凹凸不平，有细麻点及颗粒隧线，分区明显，胃、心区有一"H"形沟。额区的宽度小于头胸甲宽度的一半，额斜向下方，无锋锐的额后脊。头胸甲侧缘平直。下眼窝脊具一发声隆脊，约由 50 枚颗粒脊组成，中部有 5～6 枚较大突起；雌性中部无较大突起，均由细颗粒组成。第 3 颚足长节短宽。螯足长节的内缘有一条角质的隆线，这一隆线在眼缘上摩擦起来可以发出声响。腕节内末角有两尖齿，掌粗短。两指合拢时空隙较大，内缘有钝齿或小齿。

分布与习性 在烟台养马岛、开发区夹河口可采到。穴居于潮间带上区或高潮线上的泥滩或泥沙滩，尤其在湾叉或河口附近很多。

经济意义 肉可食用，但个体小，经济价值不大。

图 3-148 天津厚蟹

39. 口虾蛄 *Oratosquilla oratoria*（图 3-149）

分类地位 甲壳动物亚门 Crustacea；软甲纲 Malacostraca；口足目

Stomatopoda；虾蛄科 Squillidae。

形态特征 口虾蛄亦称"爬虾"、"虾爬子"。体形扁平，头部与胸部的前 4 节愈合，后 4 个胸节游离。头胸甲短而狭，腹部节与节之间分界明显，且较头胸两部大而宽。头部前端有一对圆柱形眼柄，可活动，末端为一对大的复眼。头部有 5 对附肢，第 1 对内肢顶端分为 3 个鞭状肢，第 2 对的外肢为鳞片状；胸肢 8 对，其中第 2 对为发达的掠足；腹肢 6 对，其中前 5 对为具鳃的游泳肢，第 6 对腹肢发达，与尾节组成尾扇。口虾蛄雌雄异体，雄者胸部末节生有交接器。

分布与习性 我国黄渤海口虾蛄产量较大，烟台的芝罘地峡西岸可采到。穴居于潮下带泥沙底，也常在海底游泳。以底栖动物如多毛类、小型双壳类及甲壳类为食。分布深度多在 30m 以内。

经济意义 可供食用，尤其是 4 月以后，口虾蛄生殖腺成熟时，味道极鲜美。也可作为钓饵。另外，它还有药用价值，能治小儿尿疾，因此又称为濑尿虾。

图 3-149 口虾蛄

九、腕足动物门 Brachiopoda

腕足动物因有触手冠，因此有人把这类动物与苔藓动物、帚虫一起合称为触手冠动物。其体外由背腹两壳包裹，通常腹壳略大于背壳，壳表光滑，但通常有生长线、放射沟、刺等装饰构造，壳内可见若干肌痕。背腹两壳以肌肉连接或由齿槽装置铰合，腹壳内面有铰合齿，背壳内面有铰合槽。外套腔中有触手冠，外套为体壁的延伸，外表面分泌形成背腹两壳，内表面分泌形成腕骨用以支持触手冠。腹壳或肉茎营固着生活。但海豆芽则是借助于肉茎或以背壳上下活动来掘孔而营钻穴生活。腕足动物全部海产，大多数生活在 200 ～ 300m 水深的陆架区，生活在低潮线附近的种类不多。现生种类约300 种左右。

1. 鸭嘴海豆芽 *Lingula anatina* （图 3-150）

分类地位　舌形贝纲 Lingulata；海豆芽科 Lingulidae。

形态特征　鸭嘴海豆芽由背壳和腹壳包闭的躯体部和细长的肉茎构成，外形似豆芽。壳扁长方形，主要由几丁质构成，较薄而略透明，带绿色。壳面较平滑，同心生长线明显。腹壳较大，基部较尖。背壳较小，基部较圆。两壳以肌肉相连接，无铰合部。壳周围外套膜边缘具有细密的刚毛。肉茎细长，圆筒状，长度随其所栖息的泥沙性质与深度有很大变化，约为壳长的 2.5倍。肉茎外层为角质层，半透明，具有环纹；内层为肌肉层，富收缩力，采集时肉茎易与躯体部断裂。壳长 21 ～ 35mm、宽 10 ～ 16mm、高 5 ～ 8mm，壳长约为壳宽的 1.9 ～ 2.2 倍。

分布与习性　烟台夹河口可采到。集中栖息在潮间带中区低洼处，退潮后此处积水较多，肉茎埋于富有机质的黑色泥沙中，深约 20cm 左右。

经济意义　海豆芽是著名的"活化石"，现生种的形态和生活方式都与它们的祖先没有多大区别，是研究动物演化的重要材料。海豆芽味道鲜美，但烟台产量不大。

图 3-150　鸭嘴海豆芽（甲醛固定标本拍照）

2. 墨氏海豆芽 *Lingula murphiana*（图 3-151）

分类地位　舌形贝纲 Lingulata；海豆芽科 Lingulidae。

形态特征　形状与鸭嘴海豆芽相似，壳扁，呈稍宽的长方形，个体较大。壳长 40 ~ 56mm、宽 25 ~ 32mm、高 9 ~ 13mm，壳长约为壳高的 1.6 ~ 1.8 倍。壳上生长线纹粗糙，尤其在前端及两侧更甚。背、腹两壳等厚，腹壳前端及后端壳顶部都比背壳稍长。有银白色刚毛从两壳缘间伸出壳外，在前端的两侧角部分最长。刚毛的摆动形成水流，随之带来了食物和氧。柄为肌肉质，外围透明的角质层，柄长约为壳长的 1.5 ~ 2 倍。柄后端分泌黏液，借以固着于泥沙。受惊后向下隐缩，沙滩表面留一长椭圆形裂孔，宽度约 10 ~ 20mm。壳表面为淡红棕色。

分布与习性　同鸭嘴海豆芽。

经济意义　同鸭嘴海豆芽。

图 3-151　墨氏海豆芽（甲醛固定标本拍照）

3. 酸浆贯壳贝 *Terebratalia coreanica*（图 3-152）

分类地位　小嘴贝纲 Rhynchonellata；拉克贝科 Laqueidae。

形态特征　动物体躯被 2 枚外壳包闭。石灰质外壳略呈卵圆形，生活时红色，甲醛固定标本近白色。两壳大小不等，背壳小而低平，腹壳大而凹，基部稍弯成鸟喙状，稍突出，中间有一圆形的肉茎孔（pedicle opening），动物借助从肉茎孔伸出的肉茎附着在外物上。壳表面光滑，生长线细而密，杂有若干放射纹，壳缘略呈波纹形。腹壳铰合部有 2 枚铰合齿与背壳相连。无韧带。

分布与习性 本种通常生活于低潮以下的浅水区，潮间带很少发现。因其固着生活方式，它们通常只分布在岩石海岸和有岩石露头的海底，有时也固着在栉孔扇贝等软体动物的贝壳上。本种有明显聚生现象，即各个体能互相固着而呈一串葡萄状。

经济意义 酸浆贯壳贝也是著名的"活化石"，是研究动物演化的重要材料。

图 3-152 酸浆贯壳贝（甲醛固定标本拍照）

十、棘皮动物门 Echinodermata

棘皮动物属后口动物 (Deuterostomia)，均生活于海洋，营底栖自由生活。棘皮动物成体呈辐射对称，多以五辐对称为主；具有中胚层产生的内骨骼；真体腔一部分特化为水管系统。因为表皮一般都有棘，故名棘皮动物。身体不分节，形状多样，有星形、球形、圆筒形或树枝状的分支等。

棘皮动物外形最显著的特征是成体为五辐射对称，根据管足的有无，可将身体分成 10 个相间排列的带：有管足的部分称为辐部 (radii) 或步带 (ambulacra)；无管足的部分称为间辐部 (interradii) 或间步带 (interambulacra)。辐射对称通常由管足的排列呈现出来。一些内部器官，如水管系、神经系、血系和生殖系也为辐射对称，唯消化系例外。由于辐射对称，棘皮动物有口的一面为口面，相对的一面为反口面。棘皮动物的幼虫时期为两侧对称，辐射对称是它们后来适应固着或不大活动的生活方式次生形成的。

棘皮动物骨骼十分发达，由许多碳酸钙骨板构成，每板均由一单晶方解石所组成。骨骼外被表皮，表皮上一般都具棘，海胆和海星则有变形而成的球棘

和叉棘 (pedicellaria)。海胆骨骼最为发达，骨板密切愈合成壳，壳上带有疣和棘。海星的骨骼系统呈网状、铺石状或覆瓦状。蛇尾和海百合的骨骼成椎骨状。海参骨骼最不发达，为微小的骨针或骨片，埋于表皮之下，通常只有在显微镜下才能看到。

已知的棘皮动物现生种约 6000 多种，广泛分布于从潮间带到最深的海沟的各种海洋环境。

1. 刺参 *Apostichopus japonicus*（图 3-153）

分类地位　海参纲 Holothurioidea；楯手目 Aspidochirota；刺参科 Stichopodidae。

形态特征　体圆筒状，体长一般约 200mm，最长可达 400mm。背面隆起有 4～6 行锥形和大小不等、排列不规则的肉刺或疣足。腹面平坦，具多数管足，排列成不规则的三纵带。口偏于腹面，具楯形触手 20 个，受刺激时可完全缩入口内。肛门偏于背面，呼吸树发达。体柔软，体壁内小骨片主要为桌形体，大小和形状随年龄而变化。幼小个体桌形体塔部细而高，它的底盘也较大，边缘光滑，有 4 个立柱和 1～3 个横梁；老年个体的桌形体塔部变低或消失，只剩下小形的穿孔板。生殖腺位于背悬肠膜的两侧。刺参的大小、颜色及刺的高矮和多少随产地和生活环境的不同变异较大。体色通常为栗褐色或黄褐色，还有绿色、赤褐色、紫褐色、灰白或纯白色等，腹面颜色较浅。

分布与习性　烟台山、东炮台、崆峒岛都可采到。刺参生活在波流静稳、无淡水注入、海藻繁茂的岩礁底或大叶藻丛生、底质较硬的泥沙底。产卵季节为 5～7 月。产卵后水温超过 20℃时钻入水深处的石缝中进行夏眠，9 月末至 10 月初再出来活动摄食。当受刺激或环境条件恶劣时（水温过高、水质混浊等），

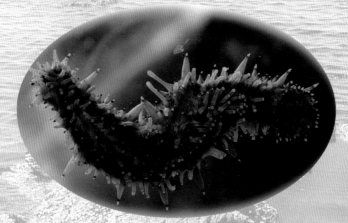

图 3-153　刺参

刺参常把消化道、呼吸树等从肛门中排出。当环境适宜时，约经 8 周时间便能再生出新内脏。刺参是我国北方重要的食用海参。

经济意义　海参蛋白质含量高，营养价值大，亦可药用。北方沿岸浅海已广泛进行人工养殖。

2. 海棒槌 *Paracaudina chilensis*（图 3-154）

分类地位　海参纲 Holothurioidea；芋参目 Molpadonia；尻参科 Caudinidae。

形态特征　身体纺锤形，后端伸长成尾状。体长约 100mm，最大者可达 200mm，直径约 30mm。体柔软，体壁光滑，略透明，能从外面看到纵肌和环肌。尾状部分充分伸展时约为体长的 1.5 倍。口周围有 15 个触手，末端各有 4 个指状分枝，上端两枝较大。肛门周围有 5 组小疣，每组有小疣 3 个。体壁含有小骨片。骨片为皿状穿孔板，穿孔比较规则，周缘有向外上方伸的棘状突起，在骨片的凹面或开口面有一十字形梁。石管和波里氏囊各 1 个。呼吸树发达。生活时体为肉色或带灰紫色。因其外观似老鼠，故俗称"海老鼠"。

分布与习性　烟台夹河口及崆峒岛可采到。生活于低潮线附近，在沙内穴居。在沙中潜行很快，采集时易断。

经济意义　无大的经济价值。

图 3-154　海棒槌

3. 砂海星 *Luidia quinaria*（图 3-155）

分类地位 海星纲 Asteroidea；显带目 Phanerozonia；砂海星科 Luidiidae。

形态特征 体形较大，呈五角星状。盘小。腕数通常为 5 个，脆而易断。最大个体 R 可达 140mm（R 指盘中心到腕末端的距离；r 指盘中心到间辐部边缘的距离）。R：r 约为 5～7。反口面密生小柱体，盘中央和腕中部的小柱体小，排列无规则。腕边有 3～4 行小柱体较大，呈方形，排列成格子状；最外一行为上缘板，略宽大，各有 1～2 个瓣状叉棘。下缘板宽。腹侧板小而圆，成单行排列延续到腕端。侧步带板各有一大形叉棘和 3～5 个大棘。生活时反口面为黄褐到灰绿色，有黑灰或浅灰色纵带，口面为橘黄色。

分布与习性 烟台各海区均有分布，常栖息在沙质、泥沙质和沙砾质海底。肉食性，以贝类、海胆等为食。

经济意义 多以双壳贝类为食，故对贝类养殖业危害很大。可用作肥料，肥效甚高。也可制胃药。

图 3-155 砂海星

4. 海燕 *Asterina pectinifera*（图 3-156）

分类地位 海星纲 Asteroidea；瓣棘海星目 Valvatida；海燕科 Asterinidae。

形态特征 体呈五角星形，腕通常 5 个，很短。最大者 R 可达 110mm，r 约为 60mm。体盘很大，与腕之间无明显界限。反口面稍隆起，口面很平，边缘很薄。反口面骨板呈覆瓦状排列，有大小两种，初级板大而隆起，呈新月形，凹面弯向盘中心，各板上有 15～40 个小棘；次级板小，圆形或椭圆形，位于初级板之间，各板上有 5～15 个小棘。侧步带板各具 3～5 个沟棘和 3～5 个口面棘。口面骨板为不规则的多角形，也呈覆瓦状排列。口板大而明显，具边缘棘5～8个，口面棘5～6个。筛板圆形，较大，位于肛门和两腕基部之间。口位于口面中央，各腕有步带沟，其内有2行管足，末端具吸盘。腕的顶端有红色眼点和能伸出的丝状触手。生活时反口面为深蓝色和丹红色交错排列，变化很大，口面为橘红色。

分布与习性 烟台山，东炮台、崆峒岛及养马岛等地均可采到。栖息在潮间带的岩礁底或沙底。繁殖季节在6～7月。

经济意义 海燕可入药，性温寒，具滋阴、壮阳、祛风湿之功效，也可晒干捣碎用作农肥。

图 3-156 海燕

5. 多棘海盘车 *Asterias amurensis*（图 3-157）

分类地位 海星纲 Asteroidea；钳棘目 Forcipulata；海盘车科 Asteriidae。

形态特征 烟台沿海最常见的海星。体扁，反口面稍隆起，口面很平。腕5个，基部宽，不很压缩，末端逐渐变细，边缘很薄。R：r约为4～4.5。背板结合成致密的网状，龙骨板不很显著。背棘短小，分布不很密，且不规则。各棘末端稍宽扁，顶端带细锯齿。上缘板构成腕的边缘，各板有4～7个上缘棘，上缘棘多呈短柱状，有的顶端稍扩大，且具纵沟棱。下缘板在口面，通常有3棘。下缘棘比上缘棘略长而粗壮，末端钝。侧步带棘不规则，上有几个直形叉棘。筛板位于体盘中央到边缘之间。体紫色、黄褐色。

分布与习性 烟台各海区普遍有分布，多生活在潮间带到水深40m的沙或岩石底。

经济意义　喜吃贝类，对贝类养殖业有害；晒干制粉，可充农肥，也有用作饲料的。据研究，海星类动物所含的海星皂苷及甾醇类成分具有抗胃溃疡、抗休克、抗肿瘤和壮阳等功效，有一定药用价值。

图 3-157　多棘海盘车

6. 马粪海胆 *Hemicentrotus pulcherrimus*（图 3-158）

分类地位　海胆纲 Echinoidea；海胆目 Echinoida；球海胆科 Strongylocentrotidae。

形态特征　壳坚固，呈低半球形。壳直径一般为 40～50mm，高度约等于壳的半径。口面平坦，围口部稍向内陷，反口面不很隆起。步带在赤道部几乎与间步带等宽。壳板矮，上边的疣又密集，各板的界限不很清楚。各步带板和间步带板上均有一大疣，排成纵行。各板上还散生有很多小疣。步带的管足孔每4对排成斜的弧形，几乎近水平。顶系稍隆起，第 I 和第 V 眼板接触到围肛部。生殖板和眼板上都密生着小疣。围口部的口板规则地排成圆圈，围口膜内有"C"形骨片，管足和球形叉棘内也有简单的"C"形骨片。棘短而尖锐，长仅5～6mm，密生在壳表面。壳为暗绿色或灰绿色。棘的颜色变化很大，普通为暗绿色，有的带紫色、灰红色、灰白色或褐色。壳暗绿或灰绿色。

分布与习性　烟台各海区礁岩岸普遍有分布，生活在潮间带到水深4m的砂砾底和海藻繁茂的岩礁间，常藏在石块下和石缝内。每年 3、4 月间产卵。以藻类为食。

经济意义　卵可食用，品质较好，在日本为制"云丹"（海胆酱）的上等原料。可损害海带的幼苗，是养殖藻类的敌害。

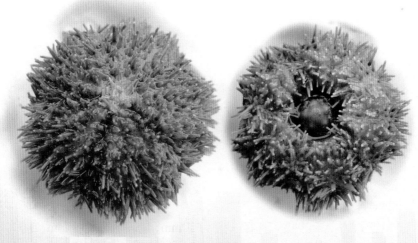

图 3-158　马粪海胆

7. 光棘球海胆 *Strongylocentrotus nudus*（图 3-159）

分类地位　海胆纲 Echinoidea；海胆目 Echinoida；球海胆科 Strongyl-ocentrotidae。

形态特征　又名大连紫海胆。大形种，壳直径一般 60 ～ 70mm，最大可达 100mm，半球形，口面平坦，围口部边缘稍向内凹。步带窄，约为间步带的 2/3，但到围口部边缘却等于或略宽于间步带。每步带板有 1 个大疣、2 ～ 4 个中疣和多数小疣。管足孔每 6 ～ 7 对排列为一斜孤。赤道部各间步带板有 1 个大疣，大疣的上方和两侧有 15 ～ 22 个大小不等的中疣和小疣，排列成半环形，把各板上的大疣隔开。顶系稍隆起，第 I 和第 V 眼板接触围肛部。围肛部近于圆形，

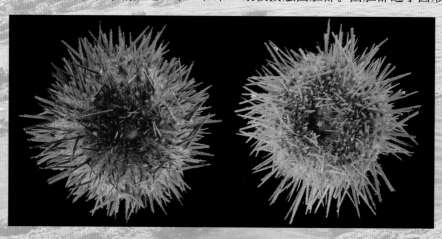

图 3-159　光棘球海胆（甲醛固定标本拍照）

肛门偏于后方。大棘很粗壮，赤道部大棘长约 30mm。管足内有"C"形骨片，它的两端稍膨大，并且有二分枝状的突起。成年个体棘为黑紫色，幼小个体色泽较淡，为紫褐色。壳为灰绿色或灰紫色。

分布与习性　崆峒岛可采到。生活在沿岸到水深 180m、海藻多的岩礁底。吃藻类，能损害海带和裙带菜幼苗。繁殖季节在 6 月中旬到 7 月中旬。

经济意义　卵可食用。

8. 马氏刺蛇尾 *Ophiothrix marenzelleri*（图 3-160）

分类地位　蛇尾纲 Ophiuroidea；颚蛇尾目 Gnathophiurida；刺蛇尾科 Ophiotrichidae。

形态特征　体盘 5 叶状，直径一般为 10mm，腕长 40 ~ 60mm，约为体盘直径的 4 倍。体盘反口面密布粗短的棒状棘，各棘顶端具 3 ~ 4 个或更多的玻璃样细刺。辐楯大，三角形，外缘凹进，彼此分隔，辐楯也被稀疏的棒状棘。口楯菱形，角圆，外侧与两片生殖鳞片相接。侧口板三角形，彼此不相接。无口棘。齿 10 ~ 12 枚，齿棘发达。口面间辐部常鼓起，大部分裸出，但边缘附近生有小刺。反口面腕板菱形或呈六角形，宽略大于长。口面第 1 腕板很小；第 2 和第 3 腕板为长方形，以后的腕板逐渐变短，为六角形或椭圆形；口面腕板前后不相接。腕棘 7 ~ 9 个，长而略扁，透明且具细刺，末端钝且较宽大；最下一个腕棘成钩状，具小钩 2 ~ 3 个。体色变化大，有绿、蓝、褐、紫等色，腕上常有深浅不同的横斑。

分布与习性　烟台各海区礁岩岸普遍有分布，常生活在潮间带岩石下、海藻间或石缝内，很容易采到。

经济意义　蛇尾类是有极高经济价值的名贵鱼类——真鲷、大黄鱼、牙鲆等的重要饵料之一。特别是大黄鱼，蛇尾是其主要食物来源。

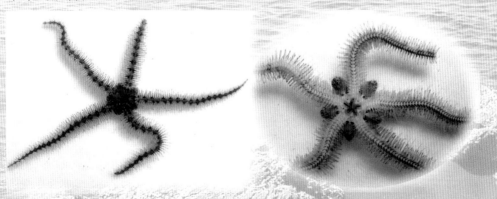

图 3-160　马氏刺蛇尾

主要参考书目

蔡英亚, 张英, 魏若飞 . 1995. 贝类学概论 . 上海：上海科学技术出版社

堵南山 . 1993. 甲壳动物学（上、下册）. 北京：科学出版社

姜在阶, 刘凌云 . 1986. 烟台海滨无脊椎动物实习手册 . 北京：北京师范大学出版社

齐钟彦, 马绣同, 王祯瑞等 . 1989. 黄渤海的软体动物 . 北京：农业出版社

齐钟彦 . 1998. 中国经济软体动物 . 北京：农业出版社

齐钟彦 . 1999. 新拉汉无脊椎动物名称 . 北京：科学出版社

徐凤山 . 1997. 中国海双壳类软体动物 . 北京：科学出版社

杨德渐, 孙瑞平 . 1988. 中国近海多毛环节动物。北京：农业出版社

杨德渐, 王永良 . 1996. 中国北部海洋无脊椎动物 . 北京：高等教育出版社

拉丁名及中文种名索引